KB132917

나는
경계성 성격장애
입니다

다듬Book

나는 경계성 성격장애입니다

2020년 12월 1일 초판 1쇄 펴냄

펴낸곳 뜰Book
펴낸이 이준하
글 민지
일러스트 임현성
책임미술 오민규

주소 (우)02880 서울특별시 성북구 성북로5길 12 소담빌딩 302호
전화 02-747-8970
팩스 02-747-3238
등록번호 제6-473호(2002. 9. 3)
홈페이지 www.dreamsodam.co.kr
북카페 cafe.naver.com/sodambooks
전자우편 isodam@dreamsodam.co.kr

ISBN 979-11-91134-02-5 03810

• 책 가격은 뒤표지에 있습니다.
• 이 도서의 국립중앙도서관 출판예정도서목록(CIP)은 서지정보유통지원시스템 홈페이지
(http://seoji.nl.go.kr)와 국가자료종합목록 구축시스템(http://kolis-net.nl.go.kr)에서
이용하실 수 있습니다. (CIP제어번호: CIP2020047407)
• 뜰Book은 꿈소담이의 성인 브랜드입니다.

나는
경계성 성격장애
입니다

민지 에세이

차
례

이토록 넓은 세상에 그토록 많은 사람들이 살고 있습니다.

저마다 다르지만 결국 보통 사람이 되어 사람들 속에
살아갑니다. 지난한 삶을 지내며 보통 사람이 되기 위해
부단히 애썼습니다.

애쓰고 보니, 어느덧 저도 그런 이들과 닮아 보입니다.

책 속 글들은 모두 제가 직접 겪은 이야기들입니다.

보통 사람이 되는 갈래 중 하나, 그것이 글쓰기라 생각
했습니다. 글을 쓰며 사회의 한 구성원으로 한 걸음 더 나
아가고 싶었습니다.

한국 사회는 여전히 정신건강의학과에 다니는 이들을 편견에 찬 눈으로 봅니다.

공황장애나 우울증 고백은 하지만 성격장애 혹은 그 외 정신과적 질환에 대해 목소리를 내는 사람은 적습니다.

말 못 할 상처를 품고 사는 이도 많습니다.

그런 분들에게 말을 걸고 싶었습니다.

제 이야기를 듣고 언젠가

당신의 이야기도 들려주었으면 좋겠습니다.

가장 좋아했던 계절에……

민지 올림

그렇게 우리는 애써 모르는 척, 잊은 척 지내왔다.

– 본문 「그 남자」 중

그 남자

중학교 2학년 여름 방학이었다.

방송반에 들며 친해진 친구가 있었다. 친구의 부모님은 이혼을 얘기하고 있었고, 형제도 없는 친구는 홀로 방황을 하고 있었다. 학교에 나오지 않기 시작했고, 가출하기 일쑤였다. 그런데도 친구는 공부를 썩 잘했다. 친구는 머리가 남달리 좋았던 것 같다. 함께 독서실에 다녔지만 친구가 책상에 앉아 있는 꼴을 몇 번 본 적이 없기 때문이다. 그런데도 친구는 시험에서 늘 평균 90점대를 유지했다.

친구는 사귀던 고등학생 오빠와 밤늦은 시간까지 데이트를 하곤 했다. 데이트라고 해봤자 소위 말하는 일진 또는 자퇴생들과 어울려 술을 마시고 오토바이를 타는 일들뿐이었으리라.

날은 더웠다. 하얀색 까만색 스트라이프 셔츠에 허벅지를 훤히 드러낸 짧은 회색 반바지를 입었다. 생리를 하고 있었기 때문에 한 손에는 자그마한 파우치를 들었다.

중학생 사이에서 좀 논다는 애들은 고등학생, 그것도 공고생 아니면 자퇴생 오빠들과 어울려 노는 것이 일종의 자랑거리였다. 나는 공부를 썩 잘하는 편이었고, 친구들도 모범생부터 일진, 이진들까지 가리지 않고 사귀었다. 가정도 화목한 편에 속했다(고 생각했었다.).

친구는 이진 중 한 명이었다. 사실 그 애는 충분히 일진이 될 만큼 잘 놀던 아이였는데, 한 학년 위 선배들에게 찍혀 이진이 되었다고 했다.

그 애가 가출한 지 이틀째 되는 날이었다. 우리는 낮에 만나 어린이대공원에 갔다. 당시 어린이대공원에서는 놀러 나온 중학생, 고등학생들이 헌팅을 하는 것이 유행이었다.

친구는 예뻤기 때문에, 게다가 누가 봐도 스무 살은 넘은 듯 성숙했기에 우리는 쉽게 고등학생 오빠들과 헌팅할 수 있었다.

그들은 고등학교 1학년이라고 했다. 어느 학교에 다녔는지는 기억나지 않지만, 나중에 그들이 데려간, 그들의 선배 집이 석촌 호수 근처였으니 그 근방에 있는 학교에 다녔을 거라 짐작한다.

우리는 노래방엘 갔다. 그때만 해도 나는 담배를 피우지 않았는데, 노래방 안은 그들이 피우는 담배 연기로 매캐했다. 노래방에서 나온 뒤, 오빠들은 앞에서 말한 선배네 집에 가서 술을 마시자고 했다. 친구는 내게 함께 가자고 했다. 이미 집에 들어가야 할 시간이 늦어 버렸다. 나는 집에 가고 싶었지만 부모님이 이혼할 위기에 놓인, 형제도 없이 떠도는 열다섯의 여자아이를 내버려 두고 떠날 수 없었다.

선배는 스무 살, 재수생이라고 했다.

그는 석촌 호수 근처에 있는 빌라 반지하 원룸에서 혼자 살고 있었다. 당시만 해도 진로 소주의 뚜껑에는 붉은색 두꺼비가 그려져 있었다. 아빠가 소주를 드시는 걸 본일은 많았지만 왜 그때 그 진로 소주의 뚜껑에 그려진 두꺼비가 생경(生硬)하게 눈에 들어와 아직도 기억에 남는지 알 수 없다.

우리는 게임을 했고, 나는 처음으로 소주를 마셨다.

다섯 잔에서 여섯 잔 정도를 마신 것 같은데 그다지 취하지는 않았던 것 같다. 머리가 띵하고 어질어질한 정도이긴 했으나, 몸을 못 가눠 비틀거릴 정도로 취하지는 않았다.

오빠들이 재미있는 걸 보자며 비디오테이프를 틀었다. 이제 와 생각해 보니 그건 불법으로 복제한 포르노 무비였다. 우습게도 나는 포르노에 나오는 남자의 성기가 성기라는 것조차 알지 못했다. 실제로 본 적도 없을 뿐더러 발기한 모습도 본 일이 없었기 때문이다. 그때 나는 텔레비전 화면을 보며 '저 고구마 같은 것은 뭐지?'라고 생각했었다.

그런데 침대 위에 나란히 누워 있던 오빠1과 친구가 이상한 소리를 냈다. 나는 짐작으로 두 사람이 섹스를 하고 있다는 것을 눈치 챘다. 그렇기 때문에 애써 그쪽을 보지 않으려 했다. 그러다 잠이 솔솔 왔고, 그때까지도 그들은 섹스를 멈추지 않았다.

삐삐를 꺼 둔 지는 이미 오래되었다. 이왕 이렇게 된 거, 술에 취한 채로 친구를 남겨 둔 채 집에 돌아갈 수 없는 노릇이었다.

내가 잠들기 위해 애쓰던 중에 스무 살이라는 선배가 나를 향해 다가왔다. 아니, 실상 그는 다가오지 않았으며 나를 '덮쳤다'라고 표현하는 것이 훨씬 더 적절하다고 볼 수 있겠다.

그는 내게 '너는 나랑 하자!'라고 말을 했고, 키스를 해 오며 다짜고짜 내 옷을 벗겼다. 나는 최대한의 힘을 발휘해 그에게서 벗어나려 했지만 역부족이었다. 나는 내 친구와 섹스를 하는 오빠1이 아닌 다른 오빠2에게 간절한 눈빛을 보냈다. 그는 나와 스무 살 선배를 물끄러미 지켜

보고 있었다. 스무 살 선배의 성기가 내 몸속에 들어왔을 때도, 내가 고통에 몸부림치며 비명을 지를 때도, 내 친구는 오빠1과의 섹스를 멈추지 않았고, 나머지 남자는 그 모습을 말끄러미 지켜보기만 할 뿐이었다.

이제 와 생각해 보건대, 내 친구 또한 위력에 의한 강간을 당한 것이다. 열다섯 살의 어린 여자아이였던 그녀 또한 어떠한 상황 판단도, 저항조차 할 수 없었으리라.

스무 살 선배의 강간은 오랫동안 지속되지 않았다. 나는 그가 사정을 하자마자 재빠르게 화장실로 달려갔다. 생리대가 붙어 있는 속옷과 회색 바지도 챙겨들지 못한 채. 스무 살 선배가 화장실 문을 두드려 내게 옷을 넘겨주었다. 그때에는 그가 내게 한 행위가 '강간'이었다는 사실을 제대로 인지하지 못했다. 그것이 아이들이 말하던 '섹스'라는 것 또한.

스무 살 선배의 얼굴이 어떻게 생겼는지, 그가 나를 강간한 시간이 얼마나 되는지는 기억나지 않는다.

그렇게 아무도 모르게 그들을 맘속에 품고 시간은 잘도

흘렀다. 나는 6년이 지나서야 내가 겪은 일을 세상에 털어 놓을 수 있었다. 그리고 6년의 시간 동안 내 인격이 자못 망가져 갔다는 것을 알았다.

6년이 지난 그때에도, 20여 년이 지난 지금에도 나와 내 친구는 그날의 일을 입 밖에 꺼내지 않는다. 그렇게 우리는 애써 모르는 척, 잊은 척 지내 왔다.

그러나 나는 잊지 못한다.
나는 잊지 못한다.
그 남자,
나를 지켜보던 그 남자,
그 남자의 모든 것을 나는 기억한다.
그 남자의 머리카락과
그 남자의 얼굴과
그 남자의 눈빛과
그 남자의 손가락과
그 남자의 무릎과
하얀 양말을 신은 그 남자의 발을,
나는 잊지 못한다.

첫 번째 줄은 기억나지 않는다

내 왼쪽 손목에 언제 첫 번째 줄을 그었는지 기억나지 않는다. 그 첫 번째 줄이 그때만큼은 꿰맬 정도가 아니었다는 것만은 기억한다. 대략적인 내 삶을 뒤돌아봤을 때, 내 왼쪽 손목의 첫 번째 줄은 아마도 고등학교 입학 직후일 것이라 짐작한다.

나는 사립 여고에 입학했다. 보통 여고생들이 그러하듯 친구들 모두 구르는 낙엽에도 배를 잡고 까르르 웃고 뒹굴 만큼 활기가 넘쳤다.

나는 그런 그들이 싫었다.

그들의 말소리, 그들의 웃음소리, 그들이 내는 어떤 소리도 듣고 싶지 않았다. 그 소리가 너무 싫었기 때문에, 입학하고 얼마 안 돼 나는 학교에 가지 않기 시작했다. 그들의 즐거움을 나는 함께 누릴 수 없었다. 누리고 싶은 마음 또한 없었다. 누리지 못했고, 누릴 수 없었다.

반대로 나는 울기를 잘했다.

해가 지고 모두가 잠들 무렵, 나는 침대에 누워 울 준비를 했다. 준비라고 할 것도 없었다. 눈물은 때가 되면 자연스럽게 흘러나왔다. 나는 뿌리째 뽑힌 나뭇잎이 바람에 나부끼듯 이불을 머리끝까지 뒤집어쓰고 울었다. 내가 왜 우는지, 왜 울었는지는 알 수 없었다.

또래 아이들이 날마다 삼시 세끼를 챙겨 먹고, 학교에 가 공부를 하고, 밤이 되면 잠이 들 듯 내게는 우는 것이 일상이었다. 운 눈으로 새벽녘이 다 돼서야 잠에 들었다. 그 때문에 아침 일찍 일어나지 못해 학교에 가지 않았다.

어느 날엔가는 담임 선생이 점심시간이 끝난 뒤에라도 오면 지각으로 처리해 줄 테니 학교에 오라고 했다. 학교에 가는 것이 극도로 싫었던 내가 그 말을 들었을 리가 없었다.

집 안은 하루하루가 전쟁터였다. 학교에 가지 않겠다고 하는 나와 엄마의 싸움. 엄마는 나를 달래 보기도 하고 혼내 보기도 하고, 때로는 무시하는 수법도 썼지만 어떤 수도 먹히지 않았다. 나는 학교에 가지 않았다.

아주 많은 날들을, 학교에 간다고 말한 뒤 중학교를 자퇴한 친구 집에 놀러 갔다. 친구는 부모님이 이혼한 뒤 어쩌다 보니 혼자 살게 되었다('어쩌다 보니'라는 한마디로 잘라 말할 수 없는 무수한 사정이 있었다.).

그때만 해도 우리는 더블 데크를 썼다. 더블 데크는 카세트플레이어와 CD플레이어, 라디오 기능이 있는 것이었는데, 친구와 나는 자우림 1집 카세트테이프를 틀어 놓고 내내 따라 부르기를 곧잘 했다. 가사를 모두 외울 만큼 자주 들었기 때문에 우리는 함께 누워서 첫 번째 곡부터 마지막 곡까지 노래를 따라 불렀다. 그러다 담배가 피우고 싶으면 담배를 피웠고, 술은 그다지 즐기지 않았던 걸로 기억한다.

어쩌다 한 번씩 학교에 가면 반 친구들이 내게 달려와 왜 학교에 오지 않았느냐며 걱정하는 투로 물어보곤 했다. 친구들은 당연히 내가 염려스러워 물었겠지만 나는 그들이 내게 말을 거는 행위조차 싫었기 때문에 입을 꾹 다물고 어떤 대답도 하지 않았다.

고교 입학 초기여서 그런지 우리 1학년 모두는 중학교 3학년, 졸업을 며칠 앞둔 막바지의 그 여유에서 헤어나지 못하고 있었다.

그 여유라 함은, 이를 테면 교실 뒤쪽에서 창문을 활짝 열고 커튼 안쪽으로 우르르 몰려 들어가 담배를 피우는 것이라 할 수 있겠다. 분명 수업 시간에 담배 냄새가 안 났을 리 없을 텐데도 어떤 선생님도, 아무런 말씀도 하지 않았다. 그렇기 때문에 막 1학년에 입학한 아이들 대부분은 겁이 없었고, 중학교 3학년 마지막 무렵처럼 대범

한 행동들을 서슴지 않았다. 물론 그 무리에는 나도 포함되어 있었다.

우리는 학교 화장실에서 담배를 피웠다. 쉬는 시간이면 칸마다 서너 명씩 들어가 피웠기 때문에 화장실 안은 늘 매캐한 담배 연기로 가득했다.

나는 학교에 다닐 생각이 없었고, 되도록 빠른 시일 내에 그만둘 것이라는 생각이 확고했기 때문에 어떤 친구들보다 더욱 더 다른 친구들의 시선을 신경 쓰지 않았다. 그래서 '당당히' 이름표를 단 채 담배를 피우러 오가기를 잘했다. 그것 때문인지 학교에서 담배 피우는 1학년생들을 대상으로 전수조사를 했을 때 나는 쉽게 걸려들었다. 학교에서는 담배 피우는 아이들 중 한 명을 잡은 뒤 그 아이에게 다른 아이의 이름을 부르게끔 하는 식으로 줄줄이 담배를 피운 아이들을 잡아들였다. 나 역시 내 친구 한 명의 이름을 부를 수밖에 없어, 그 친구 또한 걸리고 말았다.

그렇게 해서 걸린 친구들은 모두 30여 명쯤 되었다. 우리는 그에 따른 체벌로 철수세미로 교내 복도 닦기를 하게 되었다.

그뿐만이 아니라 내 담임 선생은 반 친구들이 모두 모여 있을 때 교내에서 담배를 피운 1학년 학생들이 대거 걸려들었으며, 그 가운데 내가 있다고 공공연히 말했다. 그가 한 말 덕분에 더 이상 학교에 다니고 싶지 않다는 내 의지는 더욱 확고해지기만 했다.

학교에 가는 것을 빼먹고 친구 집에 갔을 때도, 어쩌다가 학교에 가는 날이 있을 때도, 또 집에 혼자 있을 때도, 나는 손목 긋는 것을 멈추지 않았다.

첫 번째 줄에 이어 두 번째 줄이 생겼고 세 번째, 네 번째, 이윽고 수를 셀 수 없을 만큼 많은 줄들이 일렬횡대로 새겨졌다. 그때만 해도 휴지로 손목을 둘둘 말아 흐르는 피를 막고 있으면 멈출 만큼, 딱 그 정도까지만 그었다.

첫 번째 줄을 언제 그었는지는 기억나지 않는다. 그것이 소위 말하는 리스트컷 증후군의 증상이라는 것 또한 알지 못했다.

그 뒤 오랜 시간이 흘러 내 왼쪽 손목을 스무 번 가까이 꿰맬 것이라고는, 고등학교 1학년 그때의 나는 전혀 생각할 수 없었다.

원인

　내가 왜 경계성 성격장애 진단을 받았는지, 그 원인을 여쭤본 적이 있었다. 나를 거쳐 간 의사는 약 10명 정도 되었는데, 의사마다 말이 달랐다.

　어떤 의사는 어릴 때부터 자라 온 가정환경 탓이라고 했고, 어떤 의사는 열네 살의 그 사건 때문이라고 했다. 또 다른 의사는 선천적으로 뇌에서 나오는 호르몬이 일반 사람들에 비해 다르게 나와서일 거라고도 했다.

　나는 의사들의 말이 모두 맞다고 생각한다.

가정환경 탓도 있었고, 열네 살의 그 사건도 있었고, 어쩌면 정말 내 뇌에서 나오는 호르몬 가운데 하나가 고장 난 것일 수도 있다.

암세포가 있는 위치를 알면 그곳을 집중적으로 치료하듯, 원인을 정확히 알면 그 병을 더 제대로 치료할 수 있을 텐데. 내 병의 원인은 하도 복합적이어서 어느 것부터 건드려야 할지 모르겠다.

지금의 내 주치의도, 대부분의 의사들 역시 그걸 모르는 것 같았다. 그래서 나는 아직도 길을 찾지 못한 채 정처 없이 헤매는 듯하다.

진단을 받은 지 16년 되었다.

처음 진단을 받고 경계성 성격장애에 관련된 책을 찾아보았을 때, 30대가 넘어가면 대부분 그 증상이 완화된다고 했다.

일부는 그 말이 맞다. 나는 더는 자살 기도를 하지 않는다. 그러나 그게 다이다.

지금도 나는 아무런 사건이 없는데도, 그저 평범한 일상에서도 간혹 자해 충동을 느낀다.

스트레스를 받으면 섭식장애와 공황장애가 온다.
눈물을 흘리는 것은 예삿일이다.
스트레스를 많이 받으면 때를 가리지 않고 눈물이 나와 당혹스러운 경우도 있다.
특히, 여름이 되면 더 울적해진다.

아빠가 여름에 돌아가셨기 때문에, 그 일이 일어난 것도 여름이었기 때문에, 처음으로 꿰맬 정도로 손목을 그은 것도 여름이었기 때문에, 폐쇄 병동에 연달아 입원한 것도 여름이었기 때문일 거다.

여름은 온갖 생명이 반짝이며 싱그러운, 내가 가장 좋아하던 계절이었는데…….
이제 나는 여름이 두렵다. 그중에는 반팔을 입어 손목을 어쩔 수 없이 드러내야 한다는 까닭도 있다. 예전에는 그러지 않았는데 나이를 먹다 보니 이제는 손목을 드러내기가 부끄럽다.

성형외과 상담을 받기도 했는데, 의사 선생님이 흉터를 보시고는 레이저로도 피부 이식으로도 쉽지 않을 거라 하셨다. 피부 이식을 할 경우 다른 살을 떼 와 붙여야 하는데, 아무래도 색깔이 맞지 않아 흉하게 보일 수 있다고 했다.

흉터는 포기하기로 마음먹었다. 다만 염려스러운 게 있다면 내게 만일 아이가 생겼을 때, 그 아이가 내 손목의 흉터를 인지할 수 있을 만큼 자랐을 때, 흉터에 대해 어떻게 설명해야 할지 모르겠다는 점이다.

사람들은 고양이가 할퀸 상처라고 하거나 다쳤다고 둘러대면 되지 않겠느냐고 말한다. 그러나 내 흉터는 누가 보아도 자해한 흔적이 너무나 또렷하다. 그뿐만 아니라 나는 내 아이에게 거짓말을 하고 싶지는 않다.

그러나 그건 내게 너무나 먼 얘기, 혹은 쓸모없는 고민일 수도 있다.

나는 손목을 그어야 할 의무가 있다

나는 손목을 그어야 할 의무가 있다
_2009년_3월_27일_금요일_오후_6:11:43_

- - - - - - - - - - - - - -

- - - - - - - -

_ ↵

대학 전공 수업 중에는 장편 상업 영화 시나리오 쓰기
가 있었다. 내 장편 시나리오 속 여자 주인공의 상세 캐릭
터 설정 문구에 위와 같은 문구를 써 두었다.

경계성 성격장애 환자의 대다수가 자해 또는 자살 시늉 자해 협박을 한다고 한다. 나는 전형적인 경계성 성격장애 환자로, 수없이 많은 자해와 자살 시도와 자해 협박을 했다.

처음에는 어느 누구에게도 알리지 않았다.

그러나 내가 첫 번째 줄을 그은 것으로 추정되는 2000년도에, 그때 이미 내 마음속에서 정의를 내렸으리라. 나는 손목을 그어야 할 의무가 있다고. 그런 의무감에 나는 늘 커터 칼을 지니고 다녔다. 그것도 일반 사무용 커터 칼이 아닌 조금 큰, 그리고 무섭게 생긴 공업용 커터 칼이었다.

스트레스를 받는 상황에 놓이면 나는 대처할 방법을 찾지 못했다. 우는 것은 당연지사였고, 그것밖에는 할 줄 아는 것이 없었다. 나는 버릇처럼 칼을 들어 앵무새가 제 털을 뽑아 대듯 손목에 줄을 그어 댔다. 꿰매지 않은 흉터들은 셀 수 없이 많았다. 일렬횡대로 그은 줄들은 어느새 팔목 가까이까지 가고 있었다. 마침내 그 줄들이 거의 팔목 가까이에 다다랐을 무렵, 처음으로 손목을 꿰매게 된 날을 기억한다.

2003년 어느 여름날, 화창한 낮이었다. 그전보다 더욱 깊이 손목을 그은 상세한 사정을 이 책에서는 밝힐 수 없다. 그날 나는 누군가와 몸싸움을 벌였고, 아무도 모르는 사이 칼을 들어 자해를 했다. 피가 흐르는 걸 보면서도 나는 피가 나는 바로 그곳, 그 상처에 다시 칼을 들이대 긋기를 되풀이했다.

손목을 그으면 아프지 않느냐는 말들을 많이 들었다. 그런데 희한하게도 그 상황에서는 아픈 것이 좀처럼 느껴지지 않았다. 오히려 흐르는 피를 보며 묘한 해방감을 느꼈기 때문에, 내 스스로가 마조히스트는 아닐까 하는 생각도 들었다.

자해를 하는데 왜 아프지 않은지가 스스로도 궁금했기에 책을 찾아보니, 경계성 성격장애 환자들이 자해하는 순간은 극도의 스트레스가 쌓인 상태로, 고통을 덜 느끼게 된다는 내용이 있었다.

떠도는 말처럼 처음이 어려웠다.
이후 나는 흐르는 피를 막기 위해 수건으로 왼쪽 손목

을 둘둘 둘러싸고 응급실을 찾는 일이 잦아졌다.

내가 한 행위는 말 그대로 '자해'이지 '자살 기도'는 아니었다. 자살 기도였다면 신경을 끊을 정도로 더욱 깊이 손목을 그었을 것이다. 그러나 나는 항상 속 피부가 드러날 정도, 지방층이 보일 정도로만 손목을 긋곤 했다. 조금 심하게 긋는 날이면 피가 솟구칠 정도, 딱 그만큼만.

한번은 자해를 할 수 있는 칼이 없어서, 담배로 손등을 지진 적이 있다. 친구들과 노래방에 있을 때였는데, 실연의 아픔에 버둥거릴 때였다. 노래를 부르는 친구들 몰래 담배로 손등을 지지는데, 마침 한 친구에게 그 모습을 들켜 버렸다. 친구는 담배를 당장 빼앗고 내 뺨을 때렸다. 담뱃불을 잠시 스치도록 한 것이 아니기 때문에, 담뱃불을 대고 마냥 있었기 때문에, 아직도 그 흉터가 내 손등에 남아 있다. 간혹 손등 위 상처를 본 이들이 물으면 소위 말하는 '담배빵'이라고 웃으며 답하곤 한다. 그렇지만 그 말을 진짜로 여긴 사람은 몇 없었던 듯하다.

언제, 어느 순간에 손목을 그었는지는 정확히 기억나지 않는다. 서너 번 정도는 기억이 나지만 나머지 17번 정도의 자해는 당시의 상황도, 어떤 일 때문에 손목을 그었는지도 기억하지 못한다.

스무 차례 가까이 자해를 하면 나름의 방법이 생긴다. 손목을 꿰매고 나면 붕대로 왼쪽 팔목 부분까지를 친친 두른다. 일례로, 나는 항상 왼쪽 고무장갑을 썼다. 붕대를 하도 자주 하다 보니 요령이 생긴 것이다. 왼쪽 고무장갑을 끼고 끝부분을 박스 테이프로 둘둘 감는다. 그렇게 하면 더욱 편하게, 물이 들어갈 걱정을 하지 않고 샤워를 할 수 있다.

항상 왼쪽 오른쪽 쌍으로 판매되던 고무장갑이 어느 순간 왼쪽 따로 오른쪽 따로 판매되기 시작했을 때, 그때 내가 느낀 반가움의 이유를 공감하는 사람이 어디엔가는 있지 않을까.

시간이 조금 더 지나 나는 혼자서 실밥을 풀기 시작했다. 눈썹을 정리하는 작은 가위를 라이터 불로 소독한 뒤 실밥들을 하나하나 자른 다음, 똑같은 방법으로 소독한 족집게로 실밥을 풀어 냈다.

이제와 생각해 보건대 내가 손목을 긋고 나서 갔던 곳은 항상 응급의학과였기 때문에, 꿰매는 모양에 신경을 쓴 의사는 한 명도 없었다. 그래서 내 손목의 흉터도 병원에 따라 제각각이다.

몇 번째로 손목을 긋고 나서 폐쇄 병동에 입원하게 되었는지 기억나지 않는다. 자해를 하고, 응급실에 가고, 곧잘 고무장갑을 끼고 샤워를 하고, 혼자서도 실밥을 풀 무렵, 그즈음 나는 폐쇄 병동에 입원하게 되었다.

오줌이 마려워서요

몇 해 전 모 평론가 선생님과 함께 일을 하게 되었다. 선생님은 우리 엄마와도 잘 아는 사이였다.

말씀을 하시기 전이나 하실 적마다 간혹 고개를 갸웃갸웃하시는 버릇이 있었는데, 예순이 넘은 연세에도 마치 아기가 도리질하는 것처럼 귀여우신 분이었다.

그 연세에도 동심을 잃지 않고 있었기 때문이라고 생각한다. 선생님은 점잖고 말씀이 적은 편이었다. 짐짓 갸웃거리며 말씀하실 적에는 꼭 바른 말씀, 옳은 말씀만 하시곤 했다.

그런 선생님이 갑자기 돌아가셨다.

산책을 하다 쓰러지셨고, 심장마비로 별세했다는 소식을 들었다. 나와 선생님이 함께 프로젝트를 마친 지 얼마 지나지 않아 일어난 일이었다.

나는 아빠가 떠올랐다. 내게 죽음이라는 것은 곧 '아빠'라는 것이 머릿속에 배겨 있기 때문일 것이다.

선생님의 장례식장엘 갔다. 많은 사람들이 삼삼오오 모여 앉아 편육과 육개장을 먹으며 소주를 마시고 있었다. 마침 옆 테이블에 앉은 이들의 말소리가 귀에 들어왔다.

내 엄마에 대한 얘기를 하고 있었다.

사실 그 얘기는 별거 없는 내용이었다. 돌아가신 선생님의 인터넷 카페 닉네임이 무엇이었는지에 대한 이야기였는데, 그중 한 사람이 내 엄마의 닉네임을 말하며 돌아가신 선생님의 닉네임이라고 하는 것이었다.

나는 오지랖이 넓기 때문에, 그리고 반가운 엄마의 이름을 들었기 때문에 잠시 그들 사이에 끼어들어 이야길 나누었다.

그중 한 사람이 내게 물었다. 그분(내 엄마)의 닉네임을 어찌 아느냐고. 나는 그분의 딸이라고 말씀드렸다. 이어 그가 말을 이었다.

"아, 엄마 혼자 남겨 두고 이사 나갔다는 그 딸?"

나는 대답을 못 하고 살짝 웃어 보였다. 그렇게 말한 그는 내 대답은 들을 가치조차 없었던 것인지 어땠는지 모르겠지만 자기네 사람들과 하던 얘기를 이어 나갔다.

얼마 안 돼 그는 잔뜩 취한 채로 돌아가신 선생님을 추모하는 글을 읊었다. 그리고 끝내 울음을 터뜨리고 통곡했다. 돌아가신 선생님께 참척(慘慽)의 아픔이 있다는 사실을, 나는 그때 그의 입을 통해 알았다.

나는 생각했다.
돌아가신 선생님의 아픔을 생각한 것이 아니다.
돌아가신 선생님께는 송구하지만, 나는 아버지보다 먼저 돌아가신 그분이 부러웠다.
나는 왜 죽지 못하였을까.

나는 왜 여태껏 살아남아 있는가.

어떻게 하면 내가 죽을 수 있을까.

죽음으로써 모든 걸 끝낸다면, 그럴 수 있다면.

그날 저녁 나는 술이 잔뜩 취해 함께 조문을 갔던 사람들을 꽤나 고생시켰다. 그들은 겨우 나를 집 안으로 우겨 넣었으나 내 집 안에 있는 칼을 치울 생각은 당연히 하지 못했다.

'오줌이 마려워서요.'

나는 말하고 싶었다. 엄마만 혼자 남겨 두고 집을 나가야만 했던 타당한 까닭을, 그의 눈을 바로 보며 말하고 싶었다.

'오줌이 마려워서요.'

생각하며 칼을 들었고, 늘 그래왔듯 왼쪽 손목을 수건으로 둘둘 만 채 응급실로 향했다.

나는 대중교통을 이용하지 못한다.

정확히 말하면 지하철과 버스는 대략 다섯 정거장 정도는 탈 수 있다. 기차로 장거리 여행도 가능하다. 택시도 가능하지만 막히는 순간 불안감이 엄습한다.

버스와 지하철을 타고 오랜 시간 이동할 때, 택시나 자동차를 타고 막히는 도로에 갇혀 있을 때 엄습한 불안감은 곧 오줌이 마려운 것으로 도출된다.

엄마의 집에서 회사까지는 대중교통을 몇 차례 갈아타면서 한 시간을 넘게 가야 한다. 왕복 두 시간이 넘는 그 거리를, 나는 8개월을 견디며 버텼다. 열여섯의 내가 하루하루의 밤을 빠짐없이 눈물로 새웠듯이……

복용하는 약은 극도로 불안한 내게 역부족이었다. 의사 선생님이 비상용으로 챙겨 준 약을 소진해도 달라지는 건 없었다. 게다가 내가 타야 하는 1호선은 지연과 연착이 잦았다. 잘 가던 지하철이 터널 안에서 멈추는 날이면 나는 과호흡이 올까 봐, 오줌을 싸게 될까 봐 곧 죽을 것만 같은 극한의 불안에 휩싸이곤 했다.

그렇기 때문에, 오줌이 마렵기 때문에, 나는 엄마의 집에서 나와 직장이 가까이 있는 곳에 집을 얻었다.

언젠가 장례식장에서의 그를 다시 만난다면, 나는 말하고 싶다.

"오줌이 마려워서요."라고.

세탁소에서 돌아오는 길에

어린 시절, 언니와 내가 혹시라도 미아가 될까 봐 엄마는 우리 집 주소를 항상 외우도록 시켰다. 그래서 나는 내가 유치원에 들어가기 전부터 살았던 집과 현재 본가의 주소까지 모조리 외우고 있었다.

초등학교 3학년이 된 지 얼마 안 돼 우리는 이사를 했다. 2학년 때까지만 해도 작은 마당이 있는 2층짜리 단독주택 1층에 세 들어 살았는데, 그 바로 맞은편에 새로 지은 빌라로 이사를 가게 된 것이다. 이사 가는 집의 거리가

워낙 가까워서 나는 엄마가 묶어 놓은 책 꾸러미를 하나
둘씩 들고 미리 옮겨 놓고는 했다.

　그 동네에서 오래 살았기 때문에 엄마가 아는 아주머니
들도 많았고, 내가 아는 아주머니들과 오빠 언니들, 동생
들, 또래 친구들도 많았다. 하지만 다 인사를 하는 사이
는 아니었다. 엄마나 아빠에게 인사를 하지만 내게는 인
사를 하지 않는 사람들도 있었다. 그냥 얼굴은 알지만 대
화를 해 보지 않은 사이. '아, 저 사람이 이 동네에 살고
있구나', '아, 저 사람은 우리 엄마 아빠랑 아는 사이구
나', 딱 그 정도로 지내는 사람들도 많았다.

　새 빌라로 이사하고 나서 얼마 되지 않은 날이었다. 우
리 집은 한적한 주택가라 슈퍼나 정육점, 세탁소, 식당,
전파사, 버스 정류장 등은 15분은 넘게 걸어가야 있었다.
엄마의 단골 세탁소 또한 내 걸음으로 15분이 넘는 거리
에 있었다.

　어느 날 엄마가 내게 세탁소에 맡겨 놓은 엄마의 코트
를 찾아오라는 심부름을 시켰다. 나는 학교에서 돌아온

지 얼마 안 되었고, 그날은 체육복을 입은 날이었다. 지금 초등학생들은 어떤지 모르겠지만 그때는 위아래로 흰색인 면 체육복을 입었다. 나는 체육복을 입은 채로 집을 나섰다.

엄마는 키가 크다. 보통 사람들이 말하는 '크다'라는 정도를 벗어나 요즘의 여자 배구 선수나 농구 선수만큼 큰 편이다. 따라서 엄마의 코트 역시 길 수밖에 없었다.

나는 세탁소에 가 깨끗하게 드라이 클리닝한 엄마의 코트를 찾았다. 세탁소 아저씨는 옷걸이에 코트를 걸어 투명한 비닐로 그 위를 덮어 씌워 내게 건네주었다. 깨끗하게 세탁하고 각이 잡히도록 다림질한 그 코트를, 나는 구겨서는 안 된다고 생각했다. 반으로 접어도 구겨지는 것이기 때문에 접을 생각도 하지 않았다. 그래서 나는 손을 최대한 높이 뻗어 그 기다란 코트를 완전히 펼친 채로, 땅에 끌리지 않도록 들고 길을 나섰다. 그때 누군가 지나가며 나를 보았다면 웃음을 터뜨렸을지도 모르겠다.

집에 거의 다 도착했을 즈음이었다. 길을 걷던 그때, 등 뒤에서 순간적으로 누군가 훅 가까이 오는 느낌이 들었다. 이때 '훅'은 의태어라기보다는 의성어에 가깝다. 그의 뜨거운 숨결이 '훅' 하고 느껴졌기에.

그는 뭐라고 중얼거리며(나는 너무 당황스러워 그가 무슨 말을 했는지 못 알아들었다.) 내 사타구니 사이를 쓱 만지고 갔다. 그러면서 내 앞을 지나 길을 가다가, 언덕으로 향하는 골목으로 들어서기 위해 코너를 돌며 나를 바라봤다.

나는 그 오빠의 이름은 기억하지 못했지만 분명 우리 엄마에게 항상 예의바르게 인사하던 오빠라는 것을 알고 있었다. 내가 그를 잘 기억하는 이유는, 어린 나이인 내가 봤을 때 '왜 고등학생인 오빠가 저렇게 흰머리가 많지?'라고 생각했기 때문이다. 그것은 흰머리가 아니라 새치였을 것이다. 그는 새치투성이 머리카락을 약 2센티미터로 짧게 깎았고, 교복을 입었는지 사복을 입었는지는 기억나지 않지만 책가방은 메고 있었던 것 같다.

나는 엄마를 볼 때마다 꾸벅 인사하던 그 오빠가 내 사타구니 사이를 만지고 도망치듯 간 것에 너무 놀라 그 자리에서 굳어 버렸다. 말했듯이 나는 면으로 된 체육복을 입고 있었기 때문에 그 손가락의 감촉을 그대로 느낄 수 있었다. 손가락이 얼마만큼 내 사타구니 속으로 들어왔는지도.

그런데 그때 눈에 들어온 것이 있었다. 오빠가 나를 만질 때 내 몸이 앞으로 기울면서 발을 헛디뎌 엄마의 기다란 코트를 밟아 버린 것이다.

세탁소에서 금방 찾은 깨끗한 코트인데.

나는 그 오빠가 내 사타구니를 만지고 간 것보다 드라이클리닝을 하고 다림질을 한 엄마의 코트를 망가뜨렸다는 것이 더 속상했다(그러나 이제 와 생각해 보니 그 속상함은, 성추행을 당한 충격에서 벗어나고자 하는 나만의 자기방어인 듯하다.). 그뿐만 아니라 엄마에게 어쩌다 코트를 밟았는지에 대해 설명을 해야만 한다는 생각에 머릿속이 복잡해지기 시작했다. 마침내 나는 그럴싸한 방법을 생각해 냈고, 아무렇지 않은 듯 집으로 들어갔다.

엄마에게는 코트가 너무 길어서 손을 높이 뻗어 들고

오다가 발을 헛디뎠으며, 그러다 보니 코트를 밟게 되었다고 말했다. 그 오빠의 얘기는 조금도 하지 않았다. 말을 하면 엄마가 속상해할 것이고, 나는 그 어린 나이 때부터 일을 크게 만드는 것이 싫었다. 게다가 엄마가 시킨 심부름을 다녀오다 벌어진 일이니, 엄마가 자책감을 가질 수도 있다는 생각을 했다.

지금도 엄마는 그날 내가 엄마의 코트를 밟은 것이 발을 헛디뎌서이기 때문이라고 알고 있다. 사실은 그렇지 않은데 말이다. 안타깝게도 그날은 내가 기억하는 한 태어나 처음으로 성추행을 당한 날이 아니었다. 그리고 그와 비슷한 일들은 서른을 넘긴 해를 살아오는 동안 부단히도 많이 일어나곤 했다.

아프다, 아프다

"나는 미국에 스무 살 된 아들이 있어."

"아이 참, 이 사람도."

눈이 반짝 뜨였다. 옆에 있는 언니는 곤히 잠들어 있었다. 나만 들었다는 것이 다행스러운 일이라고 생각했다.

아빠는 엄마에게 미리 말도 않고 회사 사람들 또는 친구들을 우르르 몰고 와 술 마시는 걸 즐겨 했다. 초등학교 2학년이던 어느 날 밤, 그 밤도 그런 밤들 가운데 하나였다. 별다른 일이 있다면 내게 스무 살 오빠가 있다는 사실을 알게 된 것.

　아빠는 베트남 참전 용사다. 아빠의 아빠, 내 할아버지는 양은 공장을 했다. 아빠가 어릴 적에는 부촌이라고 불리던 신당동 대저택에서 살았다. 그러다 스테인리스가 들어오게 되었고, 양은 공장은 쫄딱 망해 버렸다. 8남매와 할아버지, 할머니는 남산에 있는 달동네로 이사를 가게 되었고, 그 무렵 마침 대학에 가야 하는 시기였던 아빠는 대학엘 가지 못했다. 그래서 아빠가 선택한 것이 베트남 참전이었을 거라 짐작한다.

　나는 숨죽여 누운 채 두 눈을 끄먹대며 숫자를 세어 보았다. 지금 스무 살이라면 나보다 열두 살이 많은 거고(나는 빠른 년생으로 일곱 살에 초등학교에 입학했다.), 그렇게 거슬러 올라가 계산해 보면 아빠가 20대일 때 아들을 얻었을 거야.

　엄마는 아빠를 스물 아홉에 만났으니 그 아들은 엄마의 아들이 아니야. 그렇다면 그 아들은 누구의 아들일까. 20대의 아빠는 베트남 전쟁에 참전했으니 혹시 베트남 여자와 사랑에 빠져 아들을 낳은 것일까. 어찌어찌하여 베트남 여자가 미국으로 이민을 갔고, 그 아들이 미국에 있는 것일까.

그날 밤 나는 스무 살 먹은 아빠의 아들 이야기를 들었고, 나와 그 아들의 나이 차이를 계산하고, 그렇다면 아빠가 몇 살에 아들을 얻은 것인지 돌이켜 세어 보고 또 세어 보기를 거듭했다.

중학교 2학년 때의 그날이 얼마 지나지 않은 어느 날, 아빠는 미국에 다녀온다고 했다. 왜 그런지 모르겠지만 아빠는 마치 이때만을 기다려 왔다는 듯 무척 서둘렀다. 아빠가 부랴부랴 여권 사진을 찍으러 다녀온 날이 지금도 기억난다. 그렇게 여권 사진이 나왔고, 아빠는 미국에 갈 준비를 했다.

동시에 아빠는 안정적으로 다니던 직장을 그만두고 당구장을 차리고 싶다고 선언했다. 엄마는 아빠가 당구장을 차리면 이혼을 고려할 것이라고 했다. 그때 나는 부모님이 정말 이혼을 하게 되면 어쩌나, 걱정하기보다는 차라리 이혼하는 것이 낫겠다고 생각했다는 것을 이제와 고백한다.

아빠가 당구장을 차리겠다고 하고, 미국에 갈 준비를 하는 동안에 건강 검진을 한 모양이었다. 그런데 아빠가 건넨 건강 검진 결과표를 보고, 아빠가 없는 낮 시간에 엄마가 훌쩍거리고 있었다.

아빠는 위암 3기 진단을 받았다. 내가 막 중학교 3학년에 올라갈 무렵, 겨울이었던 것으로 기억한다.

아빠는 곧장 항암 치료에 들어갔다. 입원을 했고, 엄마는 최선을 다해 아빠를 보살폈다. 아빠가 미국에 갈 수 있을지 없을지는 확신할 수 없는 일이 되어 버렸다. 가물가물한 기억으로 아빠는 입·퇴원을 반복했던 것 같다. 그리고 곧잘 '아프다, 아프다'라고 말씀하셨다.

나와 아빠 둘만 남아 있던 어느 날, 아빠가 나를 불렀다. 아빠는 '아프다, 아프다'며 내게 손을 잡아 달라고 했다. 내 손을 잡으면 아픔이 가실 것 같다고도 했다.

나는 어리둥절했다. 나는 아빠가 아픈 것에 대해 슬프지도 않았고, 기쁘지도 않았다. 다만 어리둥절했을 뿐이다. 아빠가 돌아가실 거라는 생각은 하지 않았다. 아빠가 그만큼 많이 아픈 거라고 여기지 않았기 때문에. 아니, 실은 그 아픔이 어느 정도일지 인지할 만큼 성숙한 인격체를 형성하지 못했기 때문에.

아빠가 아프다. 아빠는 위암 3기였고, 의사는 수술을 할 수 없다고 했다. 이미 너무 많이 전이되어서. 엄마는 수술실에서 나온 의사를 붙잡고 어떻게 해서든 조금이라도 암 덩어리를 떼어 달라고 했다.

다 알고 있었는데도. 나는 조금도 슬프지 않았다.

7월 중순은 장마철이다. 그날은 비가 유난히 폭풍처럼 쏟아져 내렸다.
교무실에서 교무 부장 선생님이 올라와 내게 말씀하셨다. 책가방을 모두 챙겨 나오라고.

그때 나는 알았다. 이제 아빠가 가실 때라는 것을.

아빠는 의지가 강했다. 가지 않으려, 자꾸만 자리에서 일어나 앉기를 되풀이했다. 의사는 어른들이 모두 모일 시간을 벌기 위해 약물을 투여해 주었다. 그리고 집안 어른들과 아빠의 친구들이 얼추 모였을 때, 아빠는 눈도 감지 못하고 떠나셨다.

내가 당한 '인격살인'을 아빠가 모르는 채 가신 것이, 나는 지금도 다행한 일이라 생각한다. 그 뒤 남은 셋 모두는 방황을 했다. 네 사람으로 이루어진 완벽한 가정에서 한 사람이 돌아가셨을 때 여지없이 그러하듯 우리는 허물어지고 있었다.

나는 그때에도, 그리고 지금도 아빠의 아들을 생각한다.

아빠와 사랑에 빠졌던 어느 부유한 집안의 아가씨, 그리고 두 사람을 절대 결혼시킬 수 없다며 임신 8개월째에 둘을 억지로 떼어내 도망치듯 미국으로 이민을 간 그녀의 부모님. 그곳에서 태어나자마자 영문도 모른 채 고아원에 버려진, 아빠와 닮았다는, 그러니까 나와 꼭 닮았을 아빠의 아들을 생각한다.

매년 7월 10일, 영정 사진이 된 아빠의 여권 사진을 보며 나는 아빠의 아들을 그린다.

그를 찾게 된다면 나는 중학교 2학년의 아이로 돌아가 그의 손을 잡고 '아프다, 아프다' 되뇌고 싶다.

나는 온통 충동적인 삶을 살고 있었다.

― 본문 「해서는 안 될 말」 중

해서는 안 될 말

    아는 언니의 소개로 병원을 찾게 된 이유는, 무엇보다 대인기피증이 심해져서였다. 그전까지 나는 대인기피증의 증상을 몰랐다. 그런데 어느 날부터인가 슈퍼에서 계산할 때, 사람들(특히 남자들 또는 손윗사람)과 대화할 때 얼굴이 새빨갛게 달아오르기 시작했다. 그것이 점점 더 심해져서 심지어는 아주 어릴 때부터 친했던 친구와 일반적인 대화를 나눌 때조차 얼굴이 달아오르는 것이다. 나는 점점 사람들을 기피했다. 친구들을 만날 때도, 학교 사람들과 어울려 놀 때도, 무엇인가를 구입할 때조차도 얼굴이 빨개질 것을 두려워하여 마음을 졸일 수밖에 없었다. 인터넷을 찾아보니 내 증상은 대인기피 증상과 너무 똑같았다.

언니의 소개로 찾아간 병원의 의사 선생님은 키가 아주 크고 서양인처럼 큼직큼직한 이목구비에 멋진 은빛 머리카락을 가진 40대 중후반 남자였다. 내가 자라 온 이야기와 내가 겪은 사건들을 모두 듣고 난 뒤, 선생님은 내게 여러 가지의 심리 검사를 하자고 했다. 심리 검사 결과 내가 받은 진단명은 생각지도 못하게 많고 다양했다. 그중에는 예상대로 대인기피증, 곧 사회공포증이 포함되어 있었다.

그러나 그것보다 더 심각한 문제가 있었다.
경계성 성격장애였다. 선생님의 표현을 따르자면 경계성 성격장애는 어느 순간 갑자기 자살을 하게 될지 모르는 중증의 병이라고 했다. 실제로도 나는 그랬다. 하루걸러 자해를 하기 일쑤였고, 밥을 먹지 않았다. 무엇보다 나는 매우 충동적이었다. 지하철을 기다리다 선로에 진입하는 열차를 보며 뛰어내리고 싶다는 충동, 아파트 10층

인 집 베란다에서 뛰어내리고 싶은 충동. 나는 온통 충동적인 삶을 살고 있었다.

선생님의 병원을 다닌 것은 몇 년 되었다. 그사이 선생님과 나는 꽤 많이 가까워졌다. 선생님은 나와 또래인 두 딸을 유학 보낸 채 홀로 지내고 있었다. 그때 내 나이는 선생님의 첫째 딸과 막내딸의 딱 중간이라고 들었다. 그래서인지 선생님은 나를 다른 환자에 비해 유독 챙겨 줬던 것 같다.

선생님은 내가 자란 동네에 있는 돼지갈비집에 나를 종종 데려갔다. 나는 원래 음식을 잘 안 먹었지만 돼지갈비는 어릴 때부터 좋아했던 음식이라 조금 먹었던 것 같다. 저녁을 먹고 나면 선생님의 차를 타고 청평 호수까지 드라이브를 다녀오기도 했다.

그렇게 선생님과 함께하며 나는 일반적인 정신과 의사 선생님과 환자가 아닌, 그저 보통의 지인 관계에서 나눌 수 있는 이야기들을 했던 것 같다. 어떤 이야기들을 나누었는지는 기억나지 않는다. 나는 많은 것을 잊어버렸다.

마치 기억상실증에 걸린 것처럼, 정신적으로 무척 아팠을 당시의 나를 잘 기억하지 못한다. 정신적으로 충격을 받았던 사건들이 아니라면, 다른 사람들의 기억에 의지해 과거의 나를 헤아릴 뿐이다.

선생님은 내게 본인의 핸드폰 번호를 알려 주었다. 자살 충동이 드는 비상 상황이 발생하면 핸드폰으로 전화를 하라는 것이었다. 나는 베란다 난간에 올라선 채로 여러 번 선생님에게 전화를 걸곤 했다. 그래서 나는 선생님과 나와의 관계가 환자와 의사 선생님의 관계보다는 더욱 친밀해졌다고 여겼다.

그러던 어느 날이었다. 병원에서 상담을 하는데, 선생님이 본인이 상담하던 환자가 우울증으로 스스로 목숨을 끊었다는 말씀을 했다. 나는 그 말에 너무 큰 충격을 받았다. 당시는 사리판단을 할 만큼의 제정신이 아니어서 잘 분별하지 못했지만, 이제 와 생각해 보니 그건 자살 충동에 휩싸여 있는 환자에게는 절대로 해서는 안 될 말이었다. 더구나 누구보다 나를 잘 알고 이해할 거라 기대했던 선생님이 내게 그런 말을 했다는 것에 나는 매우 당황스러웠다. 그리고 얼마 지나지 않아 선생님은 경기도 외곽으로 병원을 이전한다고 했다. 그 말을 들은 나는 경계성 성격장애 환자의 가장 큰 특징을 그대로 실현했다(경계성 성격장애 환자가 누군가에게 지지를 얻고 있거나 돌봄을 받고 있다고 느낄 때는 우울 증상, 특히 외로움과 공허감이 주로 나타난다. 그러나 지속되던 관계를 잃어버릴 수 있는 위협이 발생하면, 이제까지 따뜻하고 자비롭다고 여기던 이상화된 그 사람의 이미지가 잔인한 박해자의 이미지로 격하된다. 중요한 사람과의 분리가 가까워지면 버림받는다는 극심한 공포가 발생하는데, 이를 줄이기 위하여 그 사람의 잘못과 잔인함에 대하여 격노에 찬 비난을 하거나 자기 파괴적인 행동을 보이는 것이다.).

물론 선생님이 나를 두고 먼 곳으로 병원을 이전한다는 것만이 내게 큰 충격을 불러온 것은 아니다. 그 외적인 요소도 많았을 테지만, 이제는 더 이상 선생님과 상담할 수 없다는 생각, 선생님으로부터 버림받았다는 생각에 나는 극렬하게 분노했으며 자기 파괴적인 행동을 서슴지 않았다.

그 무렵 이전이었는지 이후였는지는 모르겠으나, 아무

튼 나는 대학 병원 폐쇄 병동에 입원하게 되었다. 집에 있는 상비약 따위를 모조리 쓸어 모아 삼켜 버렸기 때문이다. 입원하게 된 병원은 선생님이 교수로 있던 병원으로, 선생님의 소개로 가게 되었다.

병원 생활은 오래 가지 못했다. 나는 얼마 안 돼 퇴원을 했고, 시간이 흘러 선생님이 새로 개원한 경기도 외곽의 병원을 찾았다. 그러나 우리는 더 이상 함께 돼지갈비를 먹고, 드라이브를 하고, 싸이월드 일촌을 맺었던 그런 사이가 아니었다. 우리는 그저 병원을 찾은 환자와 진료를 보는 의사로 마주했다.

사실은 그것이 가장 평범하며 가장 바람직한 관계였는데도, 이제 더 이상 선생님과 가까이 지낼 수 없다는 사실을 깨달은 나는 금세 발길을 돌렸다.

그 뒤로 우리는 다시 마주하지 않았다.

진단명 향연

처음 병원에 간 것은 2000년도였다. 당시는 정신건강의학과가 아닌 신경정신과로 불렸다.

엄마는 나를 큰 병원에 데려갔다. 학교는 다니는 둥 마는 둥이었고, 남모르게 자해를 하고 있었고(꿰매지 않을 정도로만), 무엇보다 가장 심각한 건 거식증이었다.

'학교에 가고 싶지 않아, 자퇴할 때까지 밥을 먹지 않겠어!'라는 큰 결심이 있던 건 아니었다. 그저 밥맛이 없었다. 밥에 아무런 맛이 없었다. 밥을 먹어도 고기를 먹어도 채소를 먹어도 과일을 먹어도 그 무엇을 먹어도 맛을 느낄 수 없었다. 밥알을 씹으면 마치 플라스틱을 씹는 것만 같았다.

처음엔 먹고 토하기를 반복했다. 그러다 어느 순간 먹지 않기 시작했다. 고등학교 1학년이 막 되었을 때 169센티미터에 56킬로그램이었던 내 몸무게는 몇 달 지나지 않아 45킬로그램이 되었다. 입 안에는 입병이 생겼는데, 뽕뽕 뚫린 구멍만 7~8개쯤 되었던 것 같다. 엄마가 몰랐던 것은 내가 아무도 모르게 손목을 긋는다는 것, 그리고 입병이 심하다는 것. 아무래도 거식증은 눈치 채지 않을 수 없었을 거다.

큰 병원 의사 선생님을 만나 무슨 이야기를 나눴는지, 어떤 검사를 했는지는 하나도 기억이 안 난다. 의사 선생님을 만난 뒤 상담 선생님과 이야기를 나누었는데, 그분은 의사 선생님 같은 고압적인 태도가 없어 마음에 들었다. 그래서 나는 그 선생님에게 비밀이라며 내 손목을 보여주었다. 그때 나는 너무 순진해서 선생님이 내 비밀을 지켜 줄 것이라고 여겼다. 지금 와 생각해 보니 단순해도 너무 단순했다.

그때만 해도 나는 신경성 우울증 진단을 받았다. 의사 선생님은 2주에 한 번이었는지 3주에 한 번이었는지 또 병원엘 오라고 했지만 나는 가지 않았다.

지금도 그렇지만 나는 대학 병원이나 큰 병원의 의사 선생님들, 소위 말하는 교수님들을 신뢰하지 않는다(정신 건강의학과에 한해서). 그들은 그저 레지던트나 인턴들에게 모든 것을 맡기고, 정작 환자를 대면하면 형식적인 질문으로 몇 마디 묻는 것이 다였다. 한 대학 병원에 입원했을 때, 피부가 뒤집어져 여드름이나 뾰루지 같은 것이 왕창 난 적이 있었다. 그때 내 담당 교수가 피부가 왜 이렇게 되었느냐고 물어서, 아마 집에서 쓰던 물과 다른 물을 써서일 것이라 대답했는데, 그는 같은 구내에서 쓰는 물인데 다를 리가 없다며 그건 말이 안 된다고 단정했다.

대학 병원 의사들은 늘 그런 식이었다. 또 다른 큰 병원에 입원했을 때도 크게 달라 보이지 않았다. 내게 교수들이란 그저 회진 시간에 얼굴 한번 비추고, 어쩌다 한 번

씩 모이는 자리에 와 쓸데없는 이야기들을 하는 사람들로
밖에 여겨지지 않았다.

3~4년 시간이 흘러, 내가 막 손목을 꿰맬 정도로 자해
를 하기 시작했을 때, 그리고 내가 생각하기에도 대인공
포증이 심하게 왔다는 것을 인지했을 때, 나는 한 개인 병
원을 찾았다.

의사 선생님은 대학 병원 교수 출신이었는데, 나의 편
견에 맞지 않게 인자하고 세심하며 사려 깊었다. 병원에
있는 기기를 통해 뇌파 검사를 하고, 문항 검사를 하고,
그 외 몇 개의 검사를 거쳤다. 그리고 진단명이 나왔다.

반사회성 성격장애
연극성 성격장애
우울증
대인기피증
섭식장애
경계성 성격장애
그 외 등등.

진단명 '향연'이었다. 그 가운데 가장 심한 것이 무엇인지 여쭤어 봤는데, 그때 얻은 답이 바로 '경계성 성격장애'이다. 그 뒤로 현재까지 그놈의 경계성 성격장애가 고쳐지지 않을 거라고는 상상도 하지 못했다. 중학교 2학년의 그 사건을 엄마와 언니가 알게 된 것도 바로 그때였다. 보호자가 반드시 알아야 한다며 그 사건을 엄마와 언니에게 알린 것이다. 6년의 시간 동안 곪을 대로 곪아 있던 내 자신과 정식으로 마주하는 순간이었다.

추후 나는 공황장애와 불안장애 또한 얻었다. 선생님은 내게 수많은 양의 약을 처방해 주었고, 상태가 심할 때는 1주일에 두 번, 괜찮을 때는 1주일에 한 번씩 상담을 받으라고 권고했다.

그렇게 선생님과 나는 꽤 오랜 시간을 함께했다. 그리고 선생님은 여러 차례 내 자신으로부터 나를 구해 주었다.

처음 미니스커트를 입은 날

중학교 1학년이 되면서 꼭 하고 싶은 것이 있었다. 성인 브랜드의 옷을 사 입는 것이다. 초등학교 때까지는 시장표이거나 반드시 '주니어'나 '리틀' 글자가 들어가는 브랜드 옷을 입었다.

나는 언니가 있기 때문에 언니가 입는 성인 브랜드의 옷을 꼭 입고 싶었다. 마침내 중학생이 되었을 때, 나는 엄마에게 성인 브랜드의 옷을 입고 싶다고 했다. 엄마는 흔쾌히 내 말을 들어주었다. 나는 엄마와 백화점에 가서

(무려 백화점이라니!) 나이스크랍(NICE CLAUP)에서는 당시 유행하던 딱 붙는 쫄티를, 주크(zooc)에서는 무릎 위까지 짧게 내려오는 미니스커트를 샀다.

성인 브랜드의 옷을 산 것도 처음이지만, 그 성인 브랜드에서 나온 미니스커트를 사 입는 것도 처음이었다. 나는 소풍 가기 전날처럼 잔뜩 들떠 있었다.

어느 여름, 휴일에 나는 새로 산 쫄티와 검정색 미니스커트를 입고 친구를 만나러 갔다. 그때는 친구의 집에서 놀거나 밖에서 스티커 사진을 찍고 놀기를 잘했다. 해가 지기 전에는 집에 들어가야 했기에, 늘 나는 노을이 질 무렵에 친구와 헤어져 집으로 향했다.

집까지 가려면 대형 상점들이 있는 큰 대로를 벗어나 골목길을 15분 정도 걸어야 했다. 나는 아무 생각 없이 여전히 들떠 있는 마음으로, 집으로 가는 골목길로 갔다.

첫 번째 골목길로 들어서려는데, 그 어귀에 어떤 아저씨가 서 있었다. 그는 바짓가랑이 사이를 주물럭대며 나를 보고 있었다. 나는 무언가가 잘못될 수도 있겠다는 사실을 직감했다. 그러나 내 직감을 애써 무시하며 골목 어귀를 돌았다.

그때 내 바로 뒤쪽에서 이상한 낌새가 느껴졌다. 그 낌새는 내가 초등학생 때 성추행을 당했던 그 느낌과 크게 다르지 않았다. 어귀에 서 있던 아저씨가 내 뒤에 바짝 붙어 나를 따라오는 것이었다.

아저씨는 정말 말도 안 될 만큼 내 뒤에 바짝 붙어 있었다. 대략 1미터도 채 안 되는 거리였던 것 같다. 그의 숨결과 그의 몸짓, 그의 발놀림이 오롯이 느껴졌다.

다행히 길에는 여러 사람이 오가고 있었다. 하지만 내 뒤를 따라오는 아저씨를 이상하게 본다거나, 그를 붙잡고 제지하는 사람은 아무도 없었다. 사람들은 다들 제 갈 길 가기에 바빴다.

집에 가려면 골목을 여러 번 꺾어 돌아야 했다. 두 번째 골목으로 접어들려는 순간, 머릿속이 복잡해지기 시작했다. 평상시에 그 길을 다니는 사람이 별로 없었기 때문에 혹시 그 길에 아무도 없을까 봐, 그렇다면 내게 무슨 일이 일어날까 봐 너무 겁이 났다.

그리고 골목길로 접어들었을 때, 나는 안도의 한숨을 쉬었다. 마침 그 길에 나와 초등학교를 같이 다닌 친구와 또 다른 애들이 모여 있었다. 그뿐 아니라 친구는 길가 빌라에 사는 다른 친구와 이야기를 나누고 있었다. 빌라에 사는 아이도 내가 아는 아이였다. 그 아이는 집에서 밖을 내다보며 길에 서 있는 친구와 이야기를 주고받고 있었다.

빌라에 사는 아이나 길에 있는 아이는 나와 인사를 할 정도의 사이는 아니었지만 서로 얼굴은 아는 사이였다. 나는 나를 따라오는 아저씨가 너무 무섭고 겁이 났지만, 소심한 마음에 길에 서 있던 친구나 빌라에 있던 친구에게 어떤 도움도 요청하지 못했다.

아저씨는 여전히 자기 바짓가랑이 사이를 주물럭대며 내게 바짝 다가서서 따라오고 있었다.

마침내 마지막 골목으로 접어들었다. 앞에서 말했듯

이, 나는 유치원 때부터 초등학교 2학년 때까지 그 당시 살았던 빌라의 바로 앞집에 살았다. 그 집에서 '뽀삐'라는 개를 키웠다. 감사하게도 뽀삐가 나와 있었다. 그리고 더욱 감사하게도 뽀삐는 비록 덩치는 작았지만 마냥 온순하기만 한 개는 아니었다.

나는 아저씨가 나를 따라오는 것을 포기하고 돌아가길 빌며 뽀삐 앞에 멈춰 섰다. 뽀비는 나를 보더니 꼬리를 살랑거리며 다가왔다. 나는 뽀삐를 쓰다듬으며 여러 가지를 생각했다.

뽀삐한테 아저씨를 물라고 하면, 뽀삐가 물어 줄까?

이제 집 앞까지 왔으니 소리를 지르면 엄마, 아빠나 언니가 나와 줄까?

저 아저씨는 왜 멈춰 있는 거지?

그랬다. 아저씨는 내 뒤에 바짝 다가선 채로, 바짓가랑이 사이를 주무르고 있었다. 잠시 시간을 벌며 고민에 빠졌던 나는 이대로는 안 되겠구나 싶어 발길을 돌렸다.

몇 발자국만 걸으면 집으로 들어가는 입구였다. 나는

잰 걸음으로 빌라 건물로 들어갔다. 다행히 아저씨는 그 자리에 멈추었다. 3층에 있는 집을 향해 단숨에 달려 올라가 복도 창문으로 슬쩍 내려다보았다. 아저씨는 빌라 입구 앞에 여전히 서 있었다. 바짓가랑이 사이를 주무르면서, 못내 아쉽다는 표정으로……. 나는 무사히 집으로 들어갔다. 물론 엄마나 아빠, 언니, 누구에게도 이 일을 말하지 않았다. 결국은 아무 일도 없었으니 이제 된 거라고. 아무 일도 없었던 거라고, 마음을 다잡았다.

그 아저씨가 지금도 전파사를 하고 있는지 모르겠다. 당시 그 아저씨는 슈퍼 옆 건물에서 전파사를 운영했다. 낯빛이 아주 까무잡잡했고, 새카만 더벅머리에 숱이 많았다. 중학교 1학년 당시 내 키가 어느 정도였는지 모르겠으나, 대략 158센티미터로 잡았을 때 그 아저씨는 나보다 더 작거나 비슷했다.

나를 따라온 그날도 역시 그 아저씨는 청바지를 입고 있었다. 여기서 그날'도'라는 조사를 쓴 이유는, 그가 우리 집에 온 날에도 청바지를 입고 있었기 때문이다.

그는 우리 집에 온 적이 있는 사람이다. 우리 집에서 가장 가까운 전파사가 바로 그곳이었고, 엄마가 전등 수리를 위해 불렀던 것으로 기억한다. 심지어 그는 내가 지켜보는 가운데 전등을 수리했다.

나는 아직도 궁금하다.

그때 같은 공간에 있던 그 아이가 바로 나였다는 사실을, 그 아저씨는 알면서도 따라온 걸까. 아니면 새까맣게 잊어버린 채 그저 '꼴리는'대로 따라온 것일까.

그리고 또 궁금하다.

그는 아직도 바짓가랑이 사이를 주물럭거리며 어린 소녀들의 꽁무니를 쫓아다니고 있을까.

두 개의 자아

2006년, 지금으로부터 14년 전에 나는 엉망이었다. 걸핏하면 자해를 했고, 음식물 씹는 행위를 극렬히 혐오해 대개 아이스크림이나 음료수, 물, 커피, 술을 마시는 것을 일삼았다. '사람은 왜 살아야 하는가', '나는 왜 살아 있는가', '나는 언제까지 살아야 하는가'에 대한 생각으로 늘 머릿속이 복잡했다.

자해를 하는 것은 일상이 되었다. 밤새도록 술을 마셨고, 폭력성이 강해 주변 사람들과 시비가 붙어 싸우는 일도 잦았다.

그때 자주 어울리던 친구가 있었다. 초등학교 동창이었는데, 성인이 되어 우연한 기회에 친해졌다. 그 친구를 통해 초등학교 동창 모임에 나간 적이 있었다.

그곳에서 나는 초등학교 1, 2학년 시절 짝꿍처럼 붙어 지내던 A를 만났다. 어렸을 때 A와 나는 사이좋은 남녀처럼 늘 붙어 다녔다. A의 부모님도, 우리 엄마도, A의 동생과 내 언니도 우리 사이를 잘 알고 있었다. A를 오랜만에 보았을 때, 반갑기는 했지만 거기까지였다.

그런데 A는 달랐다. 어느 날 A는 중학생 때부터 7년 동안 사귀어 온 여자 친구를 버리고 나를 찾아왔다. 나와 만나고 싶다는 이유에서였다. 그때만 해도 내 마음은 갈대 같아서(아니, 갈대라기보다는 마음 그 자체가 없다고 표현하는 것이 맞겠다. 자아정체성조차 제대로 확립되지 않았기에) 그저 나를 좋아해 주는 사람이 있다면 앞뒤 가릴 것 없이 뛰어들곤 했다.

나는 그렇게 A에게로 뛰어들었다.
마침 A와 가장 친한 친구의 여자 친구가 나와 중학생

때 같은 반이어서, 우리 넷은 곧잘 어울려 다녔다. A의 다른 친구들은 눈에 불을 켜고 나를 찾아내려 했다. A와 중학생 때부터 사귄 여자 친구를 보아 왔던 그들에게 나는 흡사 한 가정을 박살 낸 상간녀와 다를 바 없었다.

A의 아버지는 사업을 하느라 내내 베트남에 머물러 계셨다. A의 어머니는 몇 개월씩 집을 비우고 아버지가 계신 베트남에 가시곤 했다. 그래서 나와 A는 A의 집에서 자주 시간을 보냈다. 마치 1학년 때의 우리가 서로의 집을 오가며 놀았던 것처럼…….

A와 사이좋게 지냈던 시간은 매우 짧았던 것 같다. 그와 앞서 얘기한 두 친구와 함께 동해 바다로 휴가를 떠난 적이 있었다. 그때 그 며칠이 꽤 즐거웠던 기억이 있다. 그러나 내게 즐거운 시간은 오래 가지 못했다. 일상이 그러했듯이.

A의 친구들이 나를 일컬어 부른 단어들과, 그들이 나를 보면 가만두지 않겠다고 으름장을 놓고 다닌 것들이 화근이었다. 나는 그 일로 A에게 버럭 화를 냈고, 우리는

자주 싸웠다. 결국 얼마 가지 않아 A는 내게 이별을 통보했다. 나는 이별을 통보받은 경계성 성격장애 환자의 주된 양상을 보였는데, 바로 '자해' 또는 '자살 기도'였다. A는 놀라우리만치 침착했고 냉정했다. 그에게 끊임없이 전화를 해도 그는 절대 전화를 받지 않았다. 수신 거부를 해놓은 것도 아니고, 핸드폰을 꺼 둔 것도 아니었다. 그는 핸드폰을 켜 둔 채로, 하루에 수십 번씩 울려 대는 전화를 끝끝내 받지 않았다.

몇 차례 자해를 했는지는 기억나지 않지만, 내 최후의 수단은 집 안에 있는 모든 알약을 모아 삼키는 거였다. 나는 여러 개의 알약을 한 번에 삼키는 걸 잘하던 편이라, 약을 먹는 건 어렵지 않았다. 한 움큼 집어 목구멍으로 넘길 때마다 물을 마셔야 했는데, 대략 2리터짜리 물통을 다 비울 만큼 약을 먹었다.

정신을 잃고 쓰러진 나를 처음 발견한 사람은 언니였다. 언니가 어떻게 나를 병원에 데려갔는지는 기억나지 않는다. 언니가 나를 일으켜 세우려고 했던 것은 기억나는데, 그 뒤 기억은 전혀 없다.

그것이 첫 번째였는지, 두 번째였는지 모르겠으나 나는 병원에 실려 가자마자 위세척을 했다.

간호사들이 파란색의 아주 큰 플라스틱 쓰레기통을 가져왔고, 위 내시경을 하듯 고무호스를 내 목구멍 속으로 밀어 넣었다. 그리고 그 호스를 통해 물 같은 것을 무지막지하게 들이부었다. 자연스럽게 나는 파란색 쓰레기통에 구토하며 먹은 약을 쏟아냈다. 한 번의 구토로 끝이 나는 건 아니어서, 내 위 속에 있는 모든 것을 끌어 모아 게워 낼 때까지 구토는 멈추지 않았다. 며칠 입원을 하고 난 뒤, 엄마는 담당 정신과 의사 선생님과 이야기를 나누었고, 나를 대학 병원 폐쇄 병동에 입원시키기로 결정했다. 물론 나의 동의도 있었다. 무엇보다 가장 죽고 싶어 하던 나는, 모순적이게도 내 스스로를 죽이려 드는 내 자신이 더 무서웠다.

그 당시 내게는 두 개의 인격이 존재하는 것 같았다.
너무 살고 싶어 하는 나와 모든 것을 뒤로 하고 죽어 버리고 싶은 나.
두 자아가 '생존'을 두고 치열하게 싸움을 벌이고 있었다.

나는 내 자신을 지키기 위해 입원을 다짐했다. 입원 날짜를 받아 놓고 A에게 전화를 했지만 그는 역시나 받지 않았다.

"그럼 죽어."

집 안에 있는 약을 다 모아 삼키기 전, 결국 전화를 받아 '준' A의 마지막 말을 되새기며 나는 병원으로 향했다. 내가 입원을 하자마자 A는 사귀었던 여자 친구에게로 돌아갔다. 시간이 지난 뒤 나는 퇴원을 했고, A는 나를 다시 찾았다.

그러나 A가 찾는 '나'는 더 이상 존재하지 않았다.

연이

    청평으로 드라이브를 시켜 주시던 선생님은 개인 병원을 차리기 전 서울 대형 병원의 정신과 과장으로 일하셨다. 집에 있는 알약을 모두 삼킨 뒤, 며칠 후에 선생님의 소개로 나는 그 큰 병원의 정신과 폐쇄 병동에 입원했다.

    6인실을 배정받았다. 모두 기억나는 것은 아니지만 어쩌다 이곳까지 들어왔는지 모를 만큼 말짱해 보이는 아주머니 두 분과 아주 귀엽고 예쁜 여자아이, 연이만큼은 기억한다.

당시 내 나이는 스물두 살이었고, 연이는 열일곱이었다. 연이는 대각선으로 나와 가장 멀리 떨어진 침대를 썼다. 그래서 우리는 대화를 나눌 기회가 없었다. 그런 까닭에 나는 연이의 병명이나 증상을 알지 못했고, 그저 어리고 예쁜 아이가 어쩌다 폐쇄 병동까지 들어오게 됐는지 안타까운 마음만 가졌을 뿐이었다.

그러던 어느 날 간호사 선생님이 내게로 와 연이가 나와 친하게 지내고 싶어 하니, 이야기를 나누어 보는 것이 어떻겠느냐고 했다. 나는 마음속으로 연이를 매우 안타깝게 여기고 있어서 흔쾌히 연이를 불렀다.

나는 먼저 내 소개를 하고, 연이의 이야기를 들어주었다.
연이는 늘 MP3 플레이어로 음악을 듣고 있었는데, 연이의 말을 들어 보니 그럴 만한 이유가 있었다.
연이는 환청에 시달리고 있었다. 그 환청은 주로 주변 사람들이 연이에게 욕을 하는 것들이었다.

나는 그토록 예쁘고 귀여운 어린아이가 그처럼 무서운 환청에 시달린다는 사실에 마음이 너무 아팠다. 연이 말로는 따돌림을 당한 적도 없고, 이렇다 할 연유가 없다고 했다. 왜 갑자기 환청이 들리기 시작했는지 알 수 없다고 했다. 면회 시간에 찾아온 연이의 부모님도 딱히 큰 문제가 없어 보였고, 오히려 아이를 정말 많이 사랑하고 아끼는 것으로 보였다.

나는 연이가 너무 안타깝고 안쓰러워서, 그런 연이에게서 아무도 모르는 아픔을 안고 끙끙대던 내가 보여서, 내 선의를 다해 친절을 베풀었다.

사실 폐쇄 병동에서는 환자들끼리 친해지는 것을 좋아하지 않는다. 반대로 너무 가깝게 지내지 않도록, 특히 사회에 나갔을 때 연락하여 친구로 지내지 말도록 하라고 강조하곤 한다.

나는 그 사실을 잘 알고 있었지만 연이에게만큼은 마음이 열렸고 정이 갔다.

그렇게 우리는 친해졌다. 삼시 세끼 밥을 먹을 때도 함께했고, 여유 시간에는 이야기도 많이 나누었다. 지금 생각해 보면 치료를 받기 위해 입원한 병동인데, 나는 내 자신을 돌볼 새도 없이 연이를 돌봐야겠다는 오만한 생각을 했던 것 같다.

그런 중에도 나는 잠을 제대로 이루지 못했다. 약을 늘려 주었는데, 아무리 약을 늘려도 효과가 없었다. 겨우 한두 시간을 자고 나면 잠이 깨어 버리기 일쑤였고, 잠을 자지 못해 누적된 피로로 더욱 미칠 것만 같았다. 결국 병원에서는 내게 주사를 놓아 주었다. 어떤 약물인지는 모르겠으나 주사를 맞으면 바로 기절하듯이 잠이 들 것이라고 했다.

그러나 주사를 맞고도 나는 잠들지 못했다. 병원에 입원한 16일 동안 단 하루도 제대로 잠을 자지 못해서, 오히려 입원 전보다 더욱 신경이 날카로워졌다.

한편, 연이의 버릇 중에는 잠을 자다 깨서 사람들을 흔들어 깨우는 것이 있었다. 연이는 자는 사람을 깨운 다음, "나한테 욕했어요?"라고 묻곤 했다.
모두 연이를 안쓰럽고 안타까워했기 때문에 부드럽게 연이를 타이르고 침대로 돌려보내곤 했다.

잠을 이루지 못하는 내게 와 혹시 자기에게 욕했냐고 묻는 일이 잦았다. 처음에는 당황했지만 다른 사람처럼 연이를 어르고 달래 침대로 돌려보냈다. 그러나 시간이 지날수록 수면 부족으로 오는 신경쇠약은 심해져만 갔다.

어느 날 나는 기어코 폭발하고 말았다. 한밤중에 내게로 와 "언니, 나한테 욕했어?"라고 묻는 연이의 멱살을 잡았다. 그리고 간호사가 와서 우리 둘을 떼어낼 때까지 소란을 피웠다.

결국 나는 퇴원을 하게 되었다. 연이와 싸웠기 때문만은 아니었다. 먹는 약도, 주사도 효과가 없었기 때문이었다. 퇴원 결정은 내 담당의와 원래 다니던 개인 병원 선생님, 엄마가 내린 것이었다.

그때 나는 연이에게서 떠난다는 해방감과 드디어 잠을 잘 수 있겠다는 기대에 들떠 있었다. 퇴원을 하고 집으로 돌아온 나는 언제 그랬냐는 듯이 잠을 잘 잤다. 물론 고작 며칠 지나지 않아 또다시 자살 기도를 하여 재입원하게 되었지만……

16일의 입원 기간에 잠을 이루지 못해 괴로웠던 일은 거의 기억나지 않는다.

다만, 내가 참지 못하고 연이의 멱살을 잡고 소란을 피운 날이, 멱살을 잡힌 채 동그랗게 눈을 뜬 연이의 순진무구한 표정만큼은 또렷하게 기억난다.

때때로 연이를 떠올린다.
지금은 서른이 넘었을 연이.
이제는 더 이상 환청에 시달리지 않는 연이를 만나 아무 일 없었다는 듯이, 그녀와 함께 소소한 일상을 공유하고 싶다.

('연이'는 가명임을 알려드립니다.)

폐쇄 병동

2006년 6월 경, 대학 병원 정신과 폐쇄 병동에 입원을 했다가 잠을 못 자 보름 만에 퇴원을 했다. 단지 잠을 이루지 못해 퇴원을 한 것이기 때문에, 내 증상은 나아진 것이 없었다. 하여 나는 집에 돌아온 지 얼마 되지 않아 또다시 알약을 주워 삼켰다.

두 번째 위세척을 했을 것이고, 눈을 떠 보니 며칠이 지난 뒤 중환자실에 입원해 있었다. 상태가 심각했다기보다는 아무래도 알약 가운데 수면제가 많아서 오랫동안 잠들었던 것 같다.

가족과 담당 의사는 나를 다시 입원시키기로 결정했다. 이번에는 집에서 가까운 모 대학 병원 폐쇄 병동이었다. 다행히도 그곳에서 나는 잠을 잘 자 입원 생활을 이어갈 수 있었다.

폐쇄 병동은 정말이지 다양한 사람들이 모여 있는 곳이다. 조울증, 치매, 해리성장애, 우울증, 환청, 망상장애, 아예 모든 인지 능력을 상실하고 오직 본능만 남아 있는 환자도 있었다.

그곳에서는 자기 자신이 정신과적 질환을 앓고 있다는 것을 인지하는 사람들과 그것을 인지조차 하지 못하는 사람들로 패가 나뉘었다. 스스로 병을 인지하고 있는 사람들끼리는 나름 친하게 지냈다.

어떤 언니는 엄마가 부엌에서 음식 준비하는 소리를 자기를 욕하는 걸로 듣는 환청을 갖고 있었다. 다행히 언니는 그것이 환청이라는 걸 알고는 있었다. 이따금 언니는 다른 환자가 슬리퍼를 끄는 소리를 듣고 자기에게 욕을 한다고도 했다.

헌병대에 있다 임시로 우리 병동에 들어온 군인도 있었다. 그는 자기가 어떻게 해서 오게 됐는지 끝까지 말하지는 않았지만 겉보기에는 무척 멀쩡해 보였다.

열여섯의 남자아이는 해리성장애로, 혼자 까르르 웃다가 중얼거리며 욕을 되풀이했다. 가끔 제정신이 돌아올 때면 간호사들의 일을 돕기도 하는, 착한 아이였다. 그밖에 왜 들어왔는지 말하지 않는 남자아이가 있었는데, 그 아이는 유독 나를 잘 따랐다. 어느 날엔가 그 아이가 악수를 하자고 해서 별 생각 없이 악수를 했는데, 나중에 보니 그 일로 그 아이는 구속복(행동을 제한하거나 진정시키기 위하여 미치광이나 난폭한 죄수 등에게 입히는 옷)을 입었다. 나는 대체로 말을 잘 듣고 얌전한 환자였다. 그래서 구속복을 입는다거나 독실에 갇히는 일은 없었다.

어느 날엔가 머리카락을 아주 길게 기른 여자가 새로 들어왔다. 그 여자는 본인의 어머니와 함께 왔는데, 곧 어머니가 떠나자 울고불며 난리를 쳤다. 마치 어린아이가 엄마를 잃어버렸을 때처럼 "엄마, 엄마!" 하며 통곡을 했다.

그분이 어떤 병명을 갖고 있는지는 모르겠으나 겉으로

봤을 때 공격성이 매우 강했던 것으로 기억한다. 그분이 들어오고 며칠 지나지 않아 또 다른 아주머니가 입원을 했다. 아주머니는 들어올 때부터 침대에 묶인 채 잠들어 있어, 심상치 않은 환자라는 걸 알 수 있었다.

얼마 지나지 않아 사건이 벌어졌다. 머리를 길게 기른 여자와 그 아주머니 사이에 싸움이 일어난 것이다. 머리가 긴 여자는 날개형 생리대를 활짝 펼쳐서 침대 베개 옆에 두고 제 아기라고 했다. 그런데 뒤이어 들어온 그 아주머니가 생리대를 찢어서 씹어 먹은 것이었다.

여자는 아주머니가 자기 아기를 죽였다며 아주머니를 향해 달려들었다. 그러나 소란은 오래 가지 않았다. 폐쇄 병동에 건장한 남자 보호사 선생님들이 있어서 둘을 금세 떼어놓았다.

그밖에도 5년 만에 다시 폐쇄 병동에 입원한 조울증 아저씨도 있었다. 조울증의 주요 증상 중 하나가 도벽인데, 그분은 도벽이 있다고 했다. 웃으며 말하다가도 어느 새 눈물을 흘리곤 했다.

또 다른 할아버지는 본인의 손바닥에 수지침을 놓으면 일본에 있는 환자도 낫게 할 수 있다고 했다.

우리는 매일 아침 일어나 국민체조를 하고 밥을 먹었다. 미술 치료나 음악 치료도 함께 받았고, 탁구를 자주 쳤다. 폐쇄 병동 특성상 외출이 제한되어 있기에 좁은 공간에서 할 수 있는 운동은 탁구밖에 없었다. 우리는 보호자들이 넣어 준 간식비로 산 과자와 치약, 비누 등을 걸고 내기 탁구를 종종 쳤다. 나는 운동 신경이 없어서 늘 내기에 졌던 것 같다.

일주일에 딱 한 번, 수요일 오후에 두 시간 동안 외출을 할 수 있었다. 사복으로 갈아입은 뒤 줄을 서서 걸어야 했고, 앞뒤로 보호사 선생님이 따랐다.

토요일 저녁, 거실에 있는 텔레비전 한 대를 두고 '무한도전'을 보겠다는 젊은 친구들과 '뉴스'를 봐야 한다는 어르신들의 싸움이 일기도 했다. 그때 나는 무한도전을 보며 심적으로 무척 위안을 얻었다. 그래서 지금도 마음이 울적할 때면 예전의 무한도전을 틀어 놓곤 한다.

결국 폐쇄 병동의 사람들이 하는 일은 아침에 일어나 국민체조를 하고, 삼시 세끼 밥을 먹고, 때가 되면 약을 먹고(이때 약은 반드시 간호사 앞에서 삼켜야 하고, 입을 벌려 확인을 받아야 했다.), 복도를 빙빙 돌며 운동을 하거나 친한 사람들끼리 모여 수다를 떠는, 보통의 일상과 매한가지였다.

　요일마다 짜여 있는 심리 치료 프로그램을 따라하고, 탁구를 친다는 것이 좀 별난 일이라고 할 수 있겠다.
　그렇게 우리는 일반적인 삶과 비슷한 일상을 이어 갔다. 단지 우리가 있는 곳이 '폐쇄 병동'이라는 제한된 구역일 뿐, 그곳은 사회와 똑같았다.

　언제든지 누구와 싸움을 할 수 있고, 그런가 하면 말리는 사람도 있으며, 제한된 영역에서 만난 사람끼리 친분을 쌓는 것, 서로 보고 싶은 텔레비전 프로그램을 고집하며 다투는 것 또한 으레 있는 일이다. 그곳은 그저 우리가 사는 일반적인 사회의 축소판과 같은 현장이었다.

　아무리 지양하려 해도 누구든 삶을 살아가며 한 번쯤은

자기만의 잣대로 정상과 비정상을 나눈다. 저 사람보다는 내가 더 정상에 가까워, 혹은 저 사람은 완벽하게 비정상이라는 식의 잣대는 신기하게도 그 작은 폐쇄 병동 안에서도 굳건하게 존재감을 드러냈다.

정확히 60일의 시간이 흐른 뒤에야 나는 그곳을 나올 수 있었다. 그러나 그것은 한층 더 확장된 폐쇄 병동을 향해 발을 내딛는 것과 다르지 않았다.

20년이 지난 지금도 나는
그대로 변치 않은 걸까.

— 본문 「알코올」 중

후유증

밥알을 씹는 것이 플라스틱으로 만든 쌀알을 씹는 느낌
이었다. 김치 냄새, 각종 반찬 냄새, 국, 찌개 냄새를 맡
기만 해도 역했다. 어떤 맛있는 음식을 먹어도 '씹는 행위'
를 해야 하면 늘 인상을 찌푸렸다. 무엇보다 맛을 느낄 수
없었다. 좋아하던 김치를 먹어도, 돼지갈비를 먹어도, 소
고기를 먹어도 씹어 삼키는 행위를 하기가 쉽지 않았다.

가족에게 들키지 않기 위해, 어쩔 수 없이 식사를 해야
만 하는 자리에서는 밥을 먹었다. 그런 뒤 몰래 화장실로

가 손가락을 목구멍에 넣어 일부러 게워내기를 일삼았다. 내 배 속에 무언가가 들어간다는 것이 나는 싫었다. 내 배 속은 텅 빈 채로 유지되어야만 했다. 배 속에 무언가가 있다는 것 자체가, 게다가 배가 부른 그 느낌이 극도로 싫었다.

그러다가도 어느 날은 갑자기 식욕이 마구 솟을 때가 있어, 닥치는 대로 먹었다. 말 그대로 닥치는 대로였다. 배달 음식을 시키고, 밥을 먹고, 빵을 사다 먹고, 과자를 먹었다. 배가 빵빵하게 찰 만큼 먹고 나면 탄산음료나 물을 많이 마신 뒤 구토를 했고(그래야 먹은 것이 한꺼번에 잘 올라온다.), 또다시 배가 빵빵해질 만큼 먹었다. 온종일 먹고 토하는 일을 반복한 적도 부지기수다.

거식증과 폭식증이 번갈아 일어난 기간은 대략 15년쯤 된다. 나이 서른이 되어서야 거식도 폭식도 아닌 일반적인 식사를 하게 되었고, 그즈음부터 많은 것이 바뀌기 시작했다.

하지만 섭식장애가 완벽하게 끝난 것은 아니다. 그것은 마치 사고를 당해 외상을 입은 뒤 오는 후유증과 같이 내 곁을 맴돌았다.

온갖 안주를 곁들여 술을 마셨을 때, 뷔페에 가서 돈이 아까워 배 속은 생각지도 않고 이것저것 우겨넣었을 때, 어쩌다 가끔씩 찾아오는 폭식의 순간 뒤에는 여지없이 손가락을 넣어 일부러 구토를 하곤 했다.

씹는 행위를 극도로 혐오하는 생각은 사라졌지만, '배가 부르다.'라는 것을 참지 못할 때는 더러 있었다. 그렇다고 해서 미리 배부를 것을 생각하여 먹는 양을 조절하는 것도 아니었다.

공허한 마음을 음식물로 대체할 수 없다는 것을 알면서도 나는 때때로 폭식을, 그리고 뱉어 내는 것을 즐겼다.

구역질을 하다 보면 자동으로 입이 다물어지려 하면서 목구멍에 넣은 손가락을 이빨로 깨물게 된다. 섭식장애가 심할 때에는 오른손 검지에 항상 딱지가 앉아 있었다. 딱지가 아물 새 없이 손가락을 넣어 구토했기 때문이다.
이것은 매우 상징적인 의미로 받아들여질 수 있다고 본다.

나는 짐작했다.

어느 날 갑자기 내 배 속에 강제로 들어온 그 무언가를 '나의 의시'로 뱉어 내지 못하였기 때문에, 나는 내 배 속에 오로지 '나의 의지'로 음식물을 섭취하고 뱉어 내는 행위를 함으로써 내 심리를 보상하는 것은 아닐까.

느닷없이 강제로 섭취한 그 무언가를 뱉어 내지 못했기에, 손가락에 피딱지가 앉을 만큼 '뱉어 내기'에 집착하는 것은 아닐까.

충동

경계성 성격장애의 가장 큰 증상 가운데 하나는 '충동적'이라는 것이다.

충동적이기 때문에 시간을 두고 찬찬히 생각해 보는 일이 거의 없었다. 충동적으로 음식을 먹고 뱉어 냈으며 충동적으로 사리판단을 했기 때문에 후회하는 일이 잦았다.

그를 만난 것도 충동적이었다. 예전의 누군가 내게 나타났을 때 그에게 뛰어들었듯이, 역시 새로이 등장한 남자에게 나는 뛰어들었다.

많은 외국 남자들이 한국 여자를 우습게 본다는 소문을 들어, 나는 웬만해서는 외국인을 만나지 않았다. 하지만 그는 다른 외국 남자들과 달리 순수한 마음을 지닌 사람이었다. 그는 컴퓨터 프로그래머였는데, 컴퓨터로 일을 하면 되었기에 세계 여러 나라를 여행하며 일을 한다고 했다. 인디아 아메리칸이었던 그는 여타의 흔한 인도 남자들처럼 생기지 않았고, 꽃사슴처럼 예쁜 인도 여자처럼 생겼다. 그의 맑고 고운 눈동자가 선명하게 남아 있다.

당시에 나는 벌이가 없었던 반면 그는 벌이가 꽤 좋은 편에 속했다. 그는 그런 것에 개의치 않았고 늘 나를 좋은 식당, 바, 클럽 등에 데려가곤 했다.

그의 친구들은 거의 재미교포 또는 그 외 프랑스인이나 독일인들이 많았는데 그들 또한 소위 잘나가는 이들이었다. 그중 한 사람이 유엔빌리지에 살아 홈 파티를 즐겨 하기도 했다.

모든 것이 즐겁고 만족스러웠다. 비록 그가 한국말을 전혀 할 줄 몰라 내가 영어를 써야만 했지만 그런 것은 문제되지 않았다. 일시적으로는.

그렇다. 일시적일 뿐이었다. 나는 좀 더 깊은 대화를 나누기 위해 영어를 배우며 노력했으나 그는 한국어를 배울 생각을 좀처럼 하지 않았다.

그때부터 우리 사이에 균열이 가기 시작했던 것 같다.

내 마음이 하나씩 둘씩 갈라지고 있을 그즈음, 충격적인 이야기를 들었다.

그와 자주 어울리는, 그러니까 나와도 자주 어울리던 그의 친구들이 범법 행위를 저지르고 다닌다는 이야기였다. 그 얘기는 그 친구들 중 한 사람의 여자 친구가, 그것도 매우 상세하게 말해 주었기 때문에 믿지 않을 수 없었다. 물론 내 남자 친구가 그들과 함께 범법 행위를 저지르지는 않았다. 하지만 나는 그런 그들에게서 남자 친구를 떼어 놓고 싶었다.

내가 그 사실을 알게 된 순간부터, 우리는 곧잘 싸우곤 했다. 아니, 사실 그는 마음이 너무나 여려서 못된 말도 하지 못하고 더구나 손찌검 같은 건 생각지도 않았다. 오히려 내가 그에게 늘 소리를 지르고 때로는 그를 향해 물건을 집어 던지고, 그를 위협하는 행동을 했다.

말했듯이 나는 매우 충동적이었다. 그래서 화가 나면 말로써 해결하려 들지 않았다. 게다가 그와 나는 영어로 소통을 해야 하는데, 나의 짧은 영어 실력으로 그를 설득할 수 없었다.

그는 길게 기른 머리를 묶고 다니길 잘했는데, 말싸움을 하다 화가 나면 나는 몇 번이고 그의 머리를 뒤로 잡아당겨 넘어뜨리곤 했다.

화를 참지 못해 그의 앞에서 술병을 깨뜨려 손목을 긋기도 했다. 그런데도 그는 친구들만큼은 포기할 생각을 하지 않았다. 오히려(당연히) 그는 나를 떠날 채비를 했다.

그가 내게서 멀어질수록 나는 그를 붙잡기 위해, 그리고 그에게서 친구들을 떼 놓기 위해 애를 썼다. 그러나 방법을 몰랐다. 나는 그저 화를 내고 물건을 집어 던지고, 그의 머리채를 잡아당기는 것밖에 하지 못했다.

결국 그는 나를 떠났다.

그 뒤 그가 계속 그 친구들과 어울렸는지는 모르겠다. 하지만 시간이 흐른 뒤 그가 미국으로 돌아갔다는 소식은 들었다.

그는 내 앞에서 울기를 잘했다.

그 곱고 예쁜 눈망울에서 굵은 눈물방울이 뚝뚝 떨어지곤 했다. 그러나 나는 오로지 '충동적인 분노'에 찬 눈으로 그를 보았다.

그가 흘린 눈물은 결코 충동적이지 않았던 것임을 이제 나는 안다.

마지막이 되어 주소서

나는 아무도 없을 때 사고치기를 잘했다.

2009년 5월 22일, 그날만큼은 정확히 기억한다. 그날 또한 엄마와 언니가 없었고, 나와 키우는 고양이 두 마리만 남아 있었다. 2009년이면 지금으로부터 11년 전, 내가 스물다섯이었을 때다.

봄꽃처럼 젊고 아름답던 그 시절에 나는 마지막 자살을 준비했다. 탄력이 없는 기다란 스카프를 꺼내어, 식탁 의자를 끌어 베란다 가스 배관 아래에 가져다 두었다.

그전까지 내가 한 자살 기도는 오로지 집에 있는 약을 모아 삼키는 방법밖에 없었다. 손목을 긋는 건 엄밀히 따져 자살 기도가 아닌 자해라고 할 수 있다.

그땐 달랐다. 엄마와 언니가 집을 나선 지 얼마 안 된 이른 아침부터 나는 마치 평생 그날만을 기다려 왔다는 듯이 적당한 스카프를 찾아 고르고, 식탁 의자를 끌어다 베란다 가스 배관 아래에 배치했다. 베란다 창이 유리로 되어 있는 데다 주변에 다른 동 건물이 있기 때문에 누군가가 나를 발견하게 될까 봐 잠시 망설이기는 했다. 하지만 자살에 대한 나의 욕구는, 그 망설임 따위는 가뿐히 넘어설 만큼 강력했다.

가스 배관은 하얀색 페인트로 칠해져 있었다. 의자에 올라선 채 순백의 배관에 스카프를 둘러 매듭을 지었다. 내 목이 적당히 걸릴 만큼, 꼭 그만큼으로.

스카프에 목을 걸고 까치발로 섰다. 목이 점점 죄어 오는 것이 느껴졌고, 보이지 않아도 이마와 두 볼이 새빨갛게 달아오르며 터질 것만 같은 느낌이 들었다. 그러나 거기까지였다. 더 진행할 수 없었다.

나는 의자에서 내려와 잠시 딴 짓을 하다가 다시 의자 위로 올라가 또 목을 걸고 까치발을 했다. 그렇게 몇 차례를 되풀이했다.

어느새 해가 졌고, 저녁이 되었다.
마지막으로 눈을 질끈 감고 발을 떼려고 했을 때, 켁켁거리며 기침을 뱉을 때, 그때 내 머릿속을 스친 생각은 '살고 싶다'였다.

살고 싶어. 살고 싶어. 죽고 싶지 않아.

아무 일도 없었다는 듯 목을 빼고 온종일 고생한 스카프를 배관에서 풀었다. 의자를 원래 위치로 가져다 두었고, 집으로 돌아온 언니와 엄마는 아무런 문제를 일으키지 않은 나와 저녁 식사를 했다.

그리고 다음 날 아침, 너무나 충격적인 소식을 들었다.

평소 내가 존경하던 분이 스스로 생을 마감하셨다는 것이었다. 내가 줄곧 의자 위를 맴돌던 그 시각, 그분은 그렇게 스스로 세상을 떠나셨다.

왜 나를 두고 그분을 데려가셨는가.

그때의 나는 합리적이고 이성적인 생각을 할 수 없었기 때문에, 나는 마치 그분의 남은 삶을 내가 빼앗아 오기라도 한 듯 극렬한 자책감에 빠져들었다.

그와 함께 내가 의자 위에 올라섰을 때 마지막으로 들었던 생각들이 다시금 떠올랐다.

살고 싶다. 나는 살고 싶다. 죽고 싶지 않다.

그 뒤로 나는 더 이상 자살 기도를 하지 않았다.

미신적이지만, 혹여 그분의 몫이었던 남은 생이 내게로 주어진 것이 아닌가 하는 생각이 들어서였다.

그것이 나의 마지막 자살 기도가 되기를, 내 인생의 자살 기도는 두 번 다시 일어나지 않기를, 바람에 흐르듯 소상히, 그저 평범한 삶을 살아가기를 하루하루 빌고 있다.

말할 수 없는 이유

나는 사랑한다고 말할 수 없다. 내 가족이 아닌 타인을 사랑한다는 행위를 할 수 없다.

아니, 할 수 없다기보다는 해서는 안 된다는 것이 더 그럴 듯한 표현이다. 이전에는 누군가와 사랑에 빠지기도 했고, 사랑한다는 말을 한 적도 있었다.

내가 '사랑한다'라고 말하는 것은 정말로 온 마음을 다해 상대를 사랑한다는 것이다. 상대를 위해 나를 희생할 수 있고, 상대를 책임질 수 있고, 상대가 어떤 상황에 처

하더라도 온전히 그를 사랑하는 것. 그것이 내가 정의하는 사랑이며, 내가 사랑하는 방법이다.

그러나 그것이 다가 아니다.

어떤 까닭에서인지는 알 수 없지만 나는 사랑에 빠지면 빠질수록, 사랑이 깊어지면 깊어질수록 상대에게 버림받을지 모른다는 불안감에 휩싸인다. 그 불안감은 결국 독이 되어, 지레 겁을 먹고 말도 안 되는 변명으로 상대에게 이별을 통보한다. 그럼에도 불구하고 내심 상대가 나를 붙잡아 주길 바라는, 결국 상대의 사랑을 다시금 확인받고 싶어 하는 삐뚤어진, 간절한 욕구가 자리하고 있다.

상대가 나를 붙잡아 준다고 해도 그때뿐이다. 어느 정도 시간이 지나면 나는 다시 그 사람의 사랑을 확인하고자 말썽을 부린다. 때때로 상대의 관심을 끌기 위해 극단적인 방법을 쓰기도 하는데, 타인과 잠자리를 한 후 발설을 한다거나 상대의 눈앞에서 자해를 한다거나 자살 기도 등을 한다. 아이러니하게도 여전히 나의 내면은 어린아이인 양 '이래도 날 사랑해 줄 거야? 이래도 날 사랑해 줘'라며 애원하고 있다.

이것은 내가 앓고 있는 경계성 성격장애의 가장 두드러진 증상 중 하나이다. 수없이 다양한 사람들이 있고, 저마다의 개성이 뚜렷한데도 신기하리만치 경계성 성격장애 환자들은 대부분 비슷한 증상을 보인다.

나는 20년 가까이 이 병을 앓고 있지만 아직도 이 병을 고스란히 이해하지도 받아들이지도 못하고 있다.

마흔 가까운 나이가 되면 나 또한 보통의 사랑을 할 수 있을 줄 알았다. 그러나 요즘 들어 문득 오래전 나의 주치의가 했던 말이 생각난다. 그는 나의 자아 수준이 대략 여섯 살 정도에 머물러 있다고 했었다.

어쩌면 나의 자아는 그 여섯 살 어린아이에서 단 한 해도 자라지 않았을지 모른다. 그러므로 나는 누구에게도 섣불리 해선 안 된다고 단정 지었다. 사랑한다는 말을…….

냄새

우리 아빠는 옛날 사람이었다.

당시로 치면 결혼도 늦었고, 아이도 늦은 나이에 얻었다. 아빠와 나는 대략 마흔 살 정도 차이난다.

옛날 어른들이 그러하듯 아빠도 집 안에서 담배를 피웠다. 게다가 아빠는 골초였다. 아련한 기억으로 하루에 한 갑 이상은 피웠던 것 같다. 안방에는 투명한 유리 재떨이가 있었으니, 아빠가 방에서 담배를 피우는 것은 자연스러운 일이었다.

태어났을 때부터 담배 연기에 익숙해서인지 나는 담배 연기를 싫어하지 않았다. 내가 생활하는 공간이 뿌연 담배 연기로 가득 차 있는 것이 당연하게 여겨졌다.

그뿐만 아니라 한 가지가 더 있었는데, 나는 언니와 다르게 유난히 아빠의 손가락 냄새를 좋아했다. 아빠의 오른쪽 검지손가락에서 담배에 절은 냄새가 났다. 그 냄새는 구수한 보리차나 결명자차 냄새 같았는데 묘하게 중독성이 있었다. 아빠가 텔레비전을 보고 있으면 나는 아빠에게 바짝 붙은 채 옆으로 누워 아빠의 손가락에 코를 갖다 대고 냄새를 맡곤 했다.

유치원에 가서야 담배는 몸에 해로운 것이라는 사실을 배웠다. 나는 언니와 합심하여 아빠의 금연을 유도했지만 아빠는 듣는 시늉도 하지 않았다.

아빠의 담배 냄새 때문인지, 아니면 또 다른 이유가 있었는지, 엄마는 아빠와 같이 안방에서 지내지 않고 거실에서 지냈다. 거실에서 글을 썼고 거실에서 잠을 잤다. 아주 오랜 시간이 흐른 뒤에 엄마는 담배 냄새가 정말 지독히도 싫다고 말씀하셨다.

내가 처음 담배를 피운 건 중학교 1학년 때였다. 그때는 그저 호기심으로 한두 번 피운 뒤 꺼 버렸다. 그러다 차츰 그런 횟수가 늘기 시작했고, 어느새 고등학교 1학년 무렵에는 담배에 중독되어 있었다. 그때만 해도 피우는 양은 그다지 많지 않았다. 한 갑을 사면 보통 이틀 혹은 사흘은 갔다. 미성년자였기 때문에 담배를 구하는 게 쉽지 않은 것도 한몫했을 것이다.

시간이 지날수록 중독의 수준은 점점 더 깊어졌다. 이제는 하루에 한 갑 이상을 피우고, 끊어 볼 시도조차 하지 않는다. 내가 담배를 가장 길게 끊었던 적은 어쩔 수 없이 폐쇄 병동에 입원했던 16일의 시간, 그때뿐이다(그 바로 뒤 입원한 병원에서는 담배를 피우게 해 주었다.).

지금도 나는 습관처럼 내 오른쪽 검지손가락 냄새를 맡는다. 그런데 예전 아빠의 손가락에서 나던 그 구수한 냄새와는 다른 냄새가 난다.

냄새는 생각보다 강렬하게 뇌를 자극한다. 고작 네다섯의 나이에 맡았던 그 냄새를, 나는 아직도 생생히 기억하고 있다.

이제는 어디에서도 그 냄새를 맡을 수 없다.

수상

어렸을 때부터 언니는 글을 잘 썼다. 학교에서든 학교 밖이든 글짓기 대회에 나가기만 하면 상을 타 왔다. 반대로 나는 글을 못 썼다. 글짓기 대회에서 상을 받은 건 한두 번뿐이었던 것 같다. 내심 나는 언니가 부럽기도 하고, 샘도 났고, 질투도 했다. 그러다 언제인가부터는 아예 글짓기에 손을 놓았다. 책을 읽는 것에도 관심을 두지 않았다. 독서보다는 텔레비전을 보거나 친구들과 노는 것을 더 좋아했다.

어쩌다 보니 대학에서 영화 시나리오 쓰는 법을 배워,

다시 글을 쓰게 되었다. 졸업을 하고 나서도 한동안은 취업 자리를 알아보지 않고 아르바이트를 하며 공모전 준비에 몰두했다.

쉬운 일이 아니었다. 떨어지기 일쑤였고 어느덧 20대 후반이 다 되었다. 엄마는 내게 출판사 편집자로 취직하는 것이 어떻겠느냐고 제안을 했다. 별 생각 없이 어린이책을 읽어 보았는데, 내 기대와는 달리 너무너무 재미있었다. 그때부터 나는 어린이책을 탐독했다. 그림책부터 읽기책까지, 집에 있는 책을 모조리 읽고 매일같이 도서관에 가 어린이책을 읽고 또 읽었다. 어찌어찌하다 보니 어린이책 편집자가 되었고, 내 일은 아주 잘 맞는 옷처럼 내게 꼭 어울렸다. 편집자가 되고 보니 어린이책의 글을 써 보고 싶어졌다.

동화 창작에 대해서는 아예 몰랐기 때문에 먼저 동화 창작 학교 수업을 들었다. 그게 정말 많은 도움이 되었다. 하지만 무엇보다 꾸준함이 필요했다. 동화 공모전에서 떨어진 것만 해도 백 번은 될 것이다. 떨어질 때마다 느끼는 그 실패감, 좌절감, 시련을 딛고 마음을 다잡아 또다시 준비를 해야만 했다.

내가 쓴 글을 큰 소리로 읽고 또 읽어, 걸리는 부분을 고지기를 되풀이했디. 의성어 의태어를 많이 알아 두면 좋을 것 같아 사전을 베껴 쓰기도 했다. 현 시대 어린이들의 삶을 알기 위해 어린이 신문도 꼬박꼬박 챙겨 보았다. 소재가 생각날 때마다 메모를 해 두었고, 시간을 정하여 원고를 썼다.

그렇게 쓴 단편 동화만 30편이 넘었지만, 쓸 만한 동화는 다섯 손가락 안에 들 만큼 적었다. 그중에서도 주변 평이 가장 좋았던 원고를 집중적으로 퇴고하기 시작했다.

조사 하나를 바꾸는 데에도 이랬다저랬다 시간을 들였고, 캐릭터 한 명 한 명의 말투를 어떻게 해야 할까에 대해서도 고심했다. 편집자이기 때문에 행갈이나 글자 수에도 더 신경을 썼던 것 같다.

마음에 쏙 드는 정도는 아니었지만 그렇게 공을 들여, 이제는 내 손에서 놔 줘야 할 것 같은 원고가 나왔다.

모 공모전에 원고를 보냈는데, 정말이지 수상 소식을 전해 받았을 때의 그 기쁨과 설렘과 두근거림이 지금도 생생하다.

　내 원고는 우수상을 받았다. 잘하면 동상 정도 받을 수 있겠거니 했는데 우수상이라니!

　날아갈 듯이 기뻤다. 수많은 고배 끝에 얻은 기쁨의 순간!

　자신감을 얻은 나는 글쓰기에 점점 더 빠져들었다. 그리고 그 뒤 그림책 원고로 한 번 더 수상을 했다. 수상을 하는 것 자체도 좋지만 그것으로 인해 내 자존감이(비록 일시적일지라도) 한층 올라간 듯싶어 기뻤다. 소위 사람들이 말하길 글을 씀으로써 치유하기도 한다는데, 그 말에 일리가 있는 것 같다.

　요즘 들어선 동화나 그림책 원고보다는 동시 쓰기에 푹 빠져 있다.

　고 짧은 글줄이 품은 묵직하고 기품 있는 매력. 동시를 쓰며 깨달은 것 가운데 한 가지는 양은 중요하지 않다는 것, 그 안에 무엇을 담았느냐가 중요하다는 것. 우리 인생 역시 그러하다는 것.

글을 써야 하기 때문에, 그래야 하기 때문에,

나는 살아야 한다.

알코올

제목에 차마 '중독'이라는 단어를 쓰기 싫었다. 그러나 실상 나는 알코올 중독이 맞다. 그나마 지금은 호전되어 하루에 500ml 캔 맥주 두 캔만 마신다. 불과 2~3년 전, 심할 때는 하루에 네 캔 이상을 마셨다. 단 하루도 빼놓지 않았고, 주말에는 아침에 눈을 뜨자마자 마시기 시작했기 때문에 하루에 여덟 캔 정도를 마셨다.

클럽에 가는 날이면 폭음을 했다. 나는 클럽에 갔을 때만 데킬라를 마시는데, 놀다 보면 어느새 열 잔이 넘어간다. 그런 뒤에는 늘 클럽 화장실에서 구토를 하거나 집으로 돌아와 토하곤 했다.

나는 술이 센 편도 아니고 해독이 잘되는 것도 아니다. 똑같은 양을 마셔도 남들에 비해 술 냄새가 많이 난다고들 했다. 그런 내가 맥주에 빠지기 시작한 건 대략 3~4년 전쯤부터이다. 가장 큰 이유는 직장에서 비롯된 스트레스 때문이다.

처음엔 자기 전에 네 캔을 마셨다. 그러다 언제인가부터는 자기 전에 몇 캔을 마시고, 잠에서 깨어 조금 마신 뒤 자고, 또 자다 깨어 마시기를 반복했다. 마침내는 새벽 여섯 시쯤 깨어나 맥주 한 캔을 마신 다음 출근을 한 적도 꽤 되었다. 나와 친한 직장 동료는 출근을 한 내게서 술 냄새가 난다며 진심어린 충고를 해 주었다.

술을 그렇게 마시다 보니 먹던 수면제가 들을 리 없었다. 약은 점점 더 늘어나기만 해서 일곱 알까지 먹어도 잠을 푹 자지 못했다. 그도 그럴 것이, 수면제와 알코올은 상극이다. 술을 마시면 마실수록 각성 효과만 더해질 뿐이었다. 그러는 사이 내 체중 또한 무려 20kg이나 늘어났다. 안주를 먹지 않고, 저녁도 먹지 않고 오로지 맥주만 마시는데도 그 칼로리가 어마어마했는지 그대로 살이 쪄 버린 것이다.

직장 동료의 충고도 그러했지만, 무엇보다 스트레스를 주던 그 직장에서 벗어나면서 맥주를 줄일 수 있게 되었다. 아니, 그때는 클럽에 갈 때를 빼고는 술을 아예 마시지 않았다. 그런데 요즘 들어 나는 또다시 편의점을 들락거린다. 통근 버스에서 내려 늘 들르는 곳이 집 앞 편의점이다. 내가 즐겨 마시는 스텔라 아르투아 맥주 500ml 네 캔을 사들고 집으로 가, 옷도 갈아입지 않고 맥주부터 따 마신다.

2~3년 전의 내가 그러했듯이 아주 자연스러운 나의 일상이 되어 버렸다. 불행 중 다행인 것은 그래도 주말에는 술을 마시지 않으려고 애쓰고 있으며, 아직까지는 잘 버티고 있다는 것이다.

예전과 다른 점이 또 한 가지 있다.

요즘은 맥주를 그리 많이 마시지는 않는다. 하루에 한두 캔 정도를 마시는데, 문제는 맥주를 마시며 운다는 거다.

열여섯의 내가 된 것처럼, 서른여섯의 나는 아무런 이유도 영문도 모르는 채 눈물을 흘린다. 눈물은 마치 혼자 있는 시간이 오길 기다렸다는 듯이 흘러내리곤 한다.

고백하건대, 이따금은 눈물로 그치지 않고 극심한 자해 충동에 휩싸이기도 한다. 누군가에게 전화라도 걸어 토로하고 싶으나 내가 썩 나아졌다고 굳게 믿는 사람이 너무도 많아 쉽게 말을 꺼내지 못한다.

하루하루 퇴근을 하고 편의점에 들러 맥주를 사서 집으로 돌아가는 길, 그 길이 나는 두려울 때가 있다.

우는 것이 두려운 게 아니다. 내가 두려워하는 것은 나도 모르는 사이 나를 해치게 될까 봐서다.

20년이 지난 지금도 나는 그대로 변치 않은 걸까.

그때 내 마음 한 편에도,
오랫동안 메워지지 않을 커다란 구멍이 뻥 뚫렸다.

– 본문 「워크맨」 중

유스티나에게

유스티나가 네 세례명이라는 걸 기억하고 있어.

이 글이 네게 닿기를 바라는 마음으로 편지를 써.

우리는 중학교에서 만났지. 넌 참 쾌활하고 밝고 긍정적인 친구였어. 나와는 사뭇 달랐지. 게다가 공부도 썩 잘해서 내심 부럽기도 했어.

기억나니? 중학교 3학년이 끝날 무렵 우리는 함께 햄버거 가게에서 아르바이트를 했지. 그때 시급이 자그마치

1,750원이었어. 말도 안 되는 급여였지.

함께 아르바이트를 하든 안 하든 나는 너와 어울려 노는 게 참 좋았어. 너와 친구라는 것이 좋았지. 언제나 유머러스했던 네 얼굴이 지금도 생각 나. 우리가 함께 찍은 사진도 아직 간직하고 있어.

그때, 그날 나는 왜 네게 그토록 화를 냈을까 후회해. 네게 사과를 하려고 전화를 걸었을 때 너는 내 목소리를 듣고 전화를 끊어 버렸지. 다시 한 번 전화를 하고 싶었지만 못 했어. 또 거부당하게 될까 두려워서.

그러고 나서 나는 네 고등학교 졸업식 날에 학교에 갔어. 내가 다니다 그만둔 바로 그 학교 말이야. 그날은 다른 친구를 만나러 간 길이었는데 우연찮게 복도 계단에서 너를 마주쳤어. 너는 웨이브를 넣은 파마머리를 하고 있었어. 너와 눈이 마주쳤을 때 난 반가운 마음부터 들었어. 웨이브 머리가 참 잘 어울린다는 생각도 들었고. 내가 말을 걸 새도 없이 너는 계단을 빠르게 내려갔어. 우리는 그렇게 스쳤지.

그 뒤에 또 다른 친구를 통해 네가 법대에 입학했다는 소식을 들었어.

공부도 잘하고, 늘 밝고 쾌활하고 모범적으로 생활하던 네게 내가 나쁜 물을 들인 것 같아서, 네게 심한 말을 한 것보다 그 부분이 가장 큰 마음의 짐이 되었기에 나는 안도했어. 어찌됐든 네가 공부의 끈을 놓지 않았다는 걸 알 수 있었으니까.

가게에서 회식했던 날을 기억하니? 점장은 미성년자인 우리들에게도 술을 마시게 해 줬어. 너와 나는 술을 많이는 마시지 않았지만, 고등학생인 언니가 술에 취해 버렸지. 그때 너희 아버님과 우리 엄마가 우리를 찾으러 오셨어. 너희 아버님은 잔뜩 화가 나셨지. 그때 아버님께서 내게 뭐라고 말씀하셨는데, 기억이 안 나. 하지만 내가 반항심에 아버님께 말대꾸를 했던 것은 기억해.

한창 싸이월드가 유행할 때 너를 찾아보려고도 했었어. 너와 친했던 남자 친구의 이름을 기억하고 있었거든. 그 친구는 이름이 특이해서, 싸이월드에서 검색을 하면 바로 찾아낼 수 있었어. 하지만 너를 찾지는 못했어. 페이스북도 마찬가지였지. 나는 더 이상 중학교 친구들과 연락을 하지 않아. 단 한 사람을 빼고는. 고등학교는 금세 그만두었기 때문에 친구가 아예 없지. 접점이 없기 때문에 너를 찾을 방법이 없더구나.

유스티나, 네가 어디서 무얼 하며 지내고 있는지 궁금해. 섬세하고 고상하신, 유난히 그림을 잘 그리시던 네 어머님도 잘 지내시는지 궁금하고.

너와 연락이 끊긴 뒤, 나는 정말 많은 일을 겪었어. 고등학교를 그만두었다는 건 너도 알고 있을 거야. 그 뒤 나는 검정고시를 봤고, 수능을 치러서 대학에 갔어. 다른 친구들이 대학에 간 그 시기에 똑같이, 03학번으로. 아이러니하게도, 장학금을 받으면서 정신과 폐쇄병동에 입퇴원하는 걸 반복했지.

너는 20대를 어떻게 보냈니? 네 20대가 아름다운 시절로 기억되었으면 좋겠어. 나는 그러지 못했어. 내 20대는 그로테스크한 날들이었어. 어찌 보면 네가 10대에 나와 인연을 끊은 것이 다행이라는 생각도 들어. 20대의 나를, 너는 감당하지 못했을 거야.

10년이 가까운 세월을 나는 오로지 삶과 죽음의 경계선을 오가며 살았어. 나도 모르게 나를 죽일 것만 같은 불안한 날들의 연속이었지.

스물아홉쯤이 되어서야 조금 괜찮아졌어. 다른 친구들에 비해 늦은 감이 있지만, 사회에 첫 발을 내디뎠지. 그리고 어느새 마흔을 바라보는 나이가 되고 있어. 사회생활을 한다고 해서 모든 것이 완벽하게 좋아진 건 아니야. 아직도 나는 치료를 받고 있어.

나도 내가 이렇게 살게 되리라고는 상상조차 하지 못했지. 서른여섯의 나는 이 세상에 존재하지 않을 거라고 늘 생각해 왔으니까.

어쩌다 골몰히 생각할 시간이 주어졌을 때, 나는 너를 떠올리곤 해. 왜 나는 네게 그렇게 심하게 말을 했을까. 왜 나는 네게 그토록 상처를 주었을까.

유스티나, 나는 너를 잊지 않았어. 내게는 종교가 없지만 너를 떠올릴 때마다 빌곤 해. 네가 안정적인 삶, 가장 보통의 삶을 살아가기를.

보통의 삶을 살아간다는 건 너무 어려운 일이니까.

유스티나, 이 편지가 네게 닿지 않아도 괜찮아. 다만 네게 하고 싶었던 두 가지 말을 남겨.

아빠를 잃고 방황하던 그때, 내 곁에 있어 줘서 고마워. 그리고 무엇보다 너의 행복과 평안을 빌어.

무엇보다, 가장 보통의 삶을 살아가기를.

나를 살려 준 아이들

볕도 바람도 따스한 봄날이었다.

아파트 단지 벚꽃나무에 벚꽃이 흐드러지게 피었던 날이라고 짐작한다(언급했듯 나는 많은 것을 제대로 기억하지 못한다.). 벚꽃이 피었는지는 정확히 알 수 없지만, 계절은 봄이었고, 따스한 날이었던 것만은 확실하다.

집에는 아무도 없었다. 나와 고양이 하나 혹은 둘.

그날도 여지없이 사고를 칠 셈이었다.

아파트 10층 집 베란다에 올라선 채, 나는 숨을 몰아쉬며 아래를 내려다보았다. 그런데 곧 내가 떨어질 1층 화단에 중·고등학생으로 보이는 여자아이들이 있었다. 세 명은 사복을 입었고, 자기들끼리 까르르 웃으며 수다를 떨고 있었다. 그때 내 머릿속을 스친 건 여자아이 셋은 곧 인생 셋이라는 생각이었다.

만일 내가 이 난간을 올라가 뛰어내린다면, 지금 저렇게 활기 넘치며 생동감 있는 여자아이 셋의 삶은 순식간에 나의 삶 또는 나보다 더 아픈 삶이 될 것이다.

나는 난간에 올라서서 한참 그 여자아이들을 지켜보았다. 그들은 별다른 일을 하지 않았다. 그저 자기들끼리 장난을 치며 이리 뛰어갔다 저리 뛰어갔다를 했고, 이야기를 나눴다. 나는 차마 뛰어내릴 수 없었다. 죽기 싫어서였을 수도 있겠다. 실은 죽고 싶지 않았다. 나와 같은 인생을, 나보다 더 아픈 인생을, 나로 인해 또 다른 사람들이 그 아픔을 겪게 할 수는 없었다.

꽤 오랜 시간 그들을 지켜보다가 나는 무작정 지갑을 들고 집에서 나와 엘리베이터를 탔다.

1층 화단으로 가 그들에게 말을 건넸을 때, 다행히도 그들은 나를 경계하지 않았다.

"위에서 보는데 재밌게 놀고 있는 게 좋아 보여서 내려왔어요."

나는 웃으며 말을 걸었다.
그들은 그저 해맑게 웃었다.

"아이스크림 같은 거 드실래요?"

나는 슈퍼에서 아이스크림을 사서 그들에게 주었다. 무슨 얘기를 나누었는지, 어떤 말이 오고 갔는지는 기억나지 않는다. 그들이 어떻게 생겼는지, 몇 살이었는지, 이름이 뭐였는지, 아무것도 기억하지 못한다.

다만 그들이 나를 살려 주었다는 것,
나 자신으로부터 나를 구해 주었다는 것,
그 순간 그들은 내게 신과도 같았다는 것,
그 사실만큼은 뚜렷이 남아 있다.

오래전, 아주 잠깐 스치듯 만난 나를 그들은 기억하지 못할 수도 있다. 그러나 나를 살려 준 아이들, 그들을 나는 평생토록 잊지 못할 것이다.

워크맨

한여름이었는데 춘추복을 입고 있었다. 교실 중앙 정도에 앉아 있었고, 비가 아주 많이 내리는 날이었다. 나는 워크맨을 서랍 속에 넣어 두고 이어폰 한쪽 줄을 교복 와이셔츠 소매 쪽으로 빼서 귀에 꽂았다. 그리고 손을 귀에 받쳐 귀를 가린 채 선생님 몰래 음악을 듣고 있었다.

수업이 한창 진행 중이던 그때에, 교무 부장 선생님이 교실에 들어섰다. 나를 보고 가방을 싸서 나오라고 했다. 나는 아빠가 돌아가실 때가 되었다는 것을 직감했다.

순간 서랍 속에 있는 워크맨이 걸렸지만 워크맨을 빼다가 걸릴까 두려워 빼들지 못했다. 워크맨을 서랍 속에 넣어 둔 채로 가방을 챙겨 교실을 나섰다.

폭우가 쏟아지고 있었다.
언니 친구 아버님께서 차를 끌고 와 기다리고 있었다. 차에 올라탔고, 곧장 병원으로 향했다.

나와 언니, 엄마, 친척들과 아빠의 친구분들이 더러 모이신 뒤에 아빠는 눈도 감지 못하고 돌아가셨다.

나는 엄마 말에 따라 아빠의 이마에 입을 맞춰 드렸다. 그리고 3일 동안 장례를 치렀다.

장례는 참 고됐다. 잠을 자는 것도 씻는 것도 힘들었고, 무엇보다 사람들의 눈길이 싫었다. 사람들에게 나는 구경거리로 딱 좋을 만했다. 누가 봐도 어린 티가 나는 아이가 상주복을 입고 흰색 리본을 꽂고 있었으니 말이다.
화장을 했다. 납골당은 용미리였다. 당시에는 자리가 없어 하는 수 없이 용미리로 갔는데, 나중에 호국원에 자리가 나 이장을 했다. 당시에 언니가 시간을 낼 수 없어 직계가족인 내가 유골함을 봉송했는데, 그날도 나는 구경거리가 되었다.

다시 옛날로 돌아가, 3일장을 마치고 학교로 갔다. 그때는 5일인지 일주일 동안 머리에 흰색 리본을 꽂고 있으라고 해서 그렇게 하고 다녔다.

학교로 돌아가 맨 처음 확인한 것은 책상 서랍 속이었다.
서랍 안은 텅 비어 있었다.
그리고 반 친구들은 내게 와 안부를 물었다.

아빠가 돌아가신 그날, 그다음 날은 옆 반과 교실을 서로 바꿔 수업하는 날이었다. 잘 기억나지 않지만 그런 수업이 있었다.

나는 지금도 설마 우리 반 아이가 내 워크맨을 훔쳐 갔을 거라고는 생각하지 않는다.
나와 같은 반 아이라면 우리 아빠가 돌아가셨다는 사실을 알고 있었을 것이다. 아빠가 돌아가신 친구의 워크맨을 훔치는 양심 없는 짓 따위를 중학교 3학년밖에 되지 않은 아이가 할 리 없다고 나는 믿는다.

사실을 잘 알지 못하는, 그다음 날 교실을 바꿔 수업을 한 옆 반의 어떤 아이가 내 워크맨을 훔쳐 간 걸 거라고 나는 굳게 믿는다.

아빠가 사 준 워크맨.
아빠가 돌아가신 그때에 워크맨도 함께 사라져 버렸다.
그때 내 마음 한 편에도, 오랫동안 메워지지 않을 커다란 구멍이 뻥 뚫렸다.

아픈 손가락

나는 혼자서 클럽에 가길 좋아한다. 문제라면 클럽에 가서 취할 때까지 데킬라를 마신다는 것. 집으로 가는 길이면 늘 한 번씩 넘어져 무릎이 까지거나 심지어 입술이 터졌을 때도 있었다는 것. 그래서 내 다리 군데군데에는 보기 싫은 흉터가 잔뜩 있다는 것.

그날도 다를 것 없었다. 혼자 데킬라를 홀짝홀짝 마시다 보니 금세 취해 버렸고, 이번에는 몸을 제대로 가눌 수 없었다.

나는 클럽 입구에 쪼그려 앉아 있었다(고 그가 말해 줬다.). 내 옆에는 나를 보며 자기들끼리 쑥덕거리는 한 무리의 남자들이 있었다. 그는 내가 걱정돼 나를 붙잡고 괜찮은지 물었다고 했다. 나는 꼬이는 발음으로 겨우겨우 괜찮다고 답했다. 친구들의 재촉에 택시에 올라탄 그는 택시 안에서도 내내 내 생각이 났다고 했다.

결국 그는 차를 돌렸고, 내게 돌아왔다. 그리고 나를 집으로 데려다주었다.

다행히도 택시 안에서 어느 정도 상황 파악을 할 만큼 술이 깬 나는, 그를 집 안으로 들여서는 안 된다고 생각했다. 그래서 비밀번호가 걸려 있는 1층 현관문을 재빠르게 닫았는데, 어떻게 된 영문인지 그는 문을 열고 들어와 나를 쫓아왔다.

내가 살고 있는 5층 복도에서 나를 부르는 목소리가 들렸다. 하는 수 없이 문을 열어 그를 불렀다.

일단 나는 너무 졸렸기 때문에 그에게 이부자리를 펴 주고 자라고 했다. 나는 침대에서, 그는 내가 펴 준 이부자리 위에서 잠이 들었다.

잠에서 깨어나 그와 이야기를 나눴다. 그는 나보다 여섯 살이 어렸고, 중국에 사는데 잠시 한국을 방문했다고 했다. 중국에서는 아버지의 사업장 중 하나를 관리한다고 했다. 알고 보니 그의 아버지는 모 중견기업 오너였다.

그와 나는 잠시 연애를 했다. 얼마 지나지 않아 그가 베이징으로 돌아가서 우리는 장거리 연애를 할 수밖에 없었다. 처음에는 자주 전화를 해 왔지만 언젠가부터 그는 내게 전화를 하지도, 메시지를 보내지도 않았다. 고작 하는 것이라고는 메일을 주고받는 것뿐이었다.

그렇게 우리는 몇 개월을 메일로 소통했다. 그러다 나는 지쳐 버렸다. 그가 나를 더 이상 아끼고 좋아한다고 여길 수 없었다. 그래서 바람을 피웠고, 그의 친구에게 걸리고 말았다. 우리는 그렇게 헤어졌다.

그러나 헤어지고 나서도 우리는 연락을 주고받았다. 때론 안부를 묻기도 했고, 때론 싸우기도 했다. 얼마의 시간이 흐른 뒤, 우리는 친한 누나 동생 사이가 되어 있었다. 그사이 그는 아예 한국으로 들어왔다. 중국에 있을 때부터 줄곧 한국에 오고 싶어 했던 터라 잘된 일이었다. 그는 어머니와 함께 살았다(나중에 알고 보니 그의 부모님은 그가 어렸을 때 이혼을 하셨다고 했다.). 더는 아버지 회사에서 일하지 않았고, 중국어 실력을 살려 모 브랜드 매장에서 판매 직원으로 일을 했다. 나는 그가 나름 자립하려 애쓰는 모습이 보기 좋았고, 자랑스러웠다.

그러던 어느 날, 여느 날과 다름없이 그가 출근 준비를 하던 아침이었다. 그의 어머니께서 갑자기 정신을 잃고 쓰러지셨다.

어머니는 병원으로 실려 가셨고, 쉽사리 의식을 회복하지 못하셨다. 몇 개월이 지나서야 의식은 돌아왔으나 하나뿐인 아들을 알아보지 못하셨다. 그리고 얼마 지나지 않아 젊디젊은 어머니는 눈을 감으셨다.

어머니께서 돌아가신 지 한참이 지나서야 그는 내게 연락을 했다. 다만 혼자 있고 싶어서였다고.

나는 그 마음을 알 것 같아 그를 탓할 수 없었다.

그는 지금 이모와 함께 지내고 있다. 몸과 마음을 추스

르고, 구직 활동을 하고 있다.

나는 그에게 그의 아버지에 대해 묻지 않았다.

중학생의 어린아이를 홀로 중국으로 유학 보낸, 서른이 채 안 된 아이에게 베이징 지사의 운영을 책임지게 한, 아이의 어머니가 쓰러지셨을 때 생활비조차 지원해 주지 않은, 그의 아버지에 대해 일절 궁금하지 않을뿐더러 그의 입으로 아버지 이야기를 하게끔 하고 싶지 않았기 때문이다.

차마 다 쓰지 못하는, 그와 나 사이에 있었던 여러 이슈들로 인해 나에게 그는 아픈 손가락이 되었다.

이따금 신문 기사를 통해 그의 아버지 사진을 본다.

활짝 웃고 있는 그의 얼굴을 보고 있노라면 묻고 싶다.

과연 당신에게도, 당신의 아들은 아픈 손가락입니까.

서랍 속 사과

편집자가 되기로 마음먹고 출판학교 수업을 들었다. 수강을 마친 뒤 어렵사리 입사한 곳은 신사역 인근에 있는 자그마한 출판사였다. 조그만 곳이긴 했지만 나름 역사가 깊은 곳으로 첫인상(입사한 지 한 시간 정도까지)만 해도 나쁘지 않은 회사였다.

사무실은 꽤 넓었고, 파티션은 없었다. 마치 교실처럼 사장이 맨 앞에 앉아 있고, 사원들은 그 반대쪽에 학생들처럼 앉아 일했다. 한겨울에 입사했던 것으로 기억하는데, 난방이 제대로 되지 않아 겉옷을 입은 채 일을 해야 했다.

시작부터 이상했다. 사장은 아무렇지 않게 하는 말버릇이 있었다. '이래서 조센징들은 안 돼!' '조센징 새끼들!' 따위를 곧잘 했고, 쌍욕을 하는 건 부지기수였다. 물론 그는 적어도 내가 아는 한 대한민국 사람이었다.

당시 내 나이는 20대 후반이었고, 그는 60대 후반이었다. 그는 어린 시절 6.25 한국전쟁을 몸소 겪었다고 했다. 그 전쟁에서 어머니와 동생을 잃었다고 했다. 그것도 폭격으로, 눈앞에서.

그런 까닭에 나는 그에게 트라우마가 남아 있을 거라 짐작했다. 일종의 분노조절장애라든지 외상 후 스트레스 장애라든지. 그런 것들 때문에 저토록 폭력성을 내보이는 것이 아닐까 하는 생각으로 그를 그저 불쌍히 여겼다.

그에게는 그만의 법칙이 있었다. 오전 9시부터 오후 7시까지 근무를 한 뒤, 신입 사원 가운데 여사원들만 남게 하여 교정교열 교육을 했다. 그때 그는 늘 이상한 냄새가 나는 향수를 잔뜩 뿌리고 들어왔다. 짐작할 수 있겠지만 그가 하는 교정교열 교육은 그다지 도움이 되지 않아서 나는 얼른 집에 가고 싶은 마음뿐이었다. 그때만 해도 주 5일 근무제가 활성화된 시기였는데도 그 회사는 격주로 토요일에 근무를 시켰다. 마음에 들진 않았지만 다닐 곳이 그곳밖에 없었기에 하는 수 없었다.

그러던 어느 날이었다. 아침에 출근해 무심코 책상 서랍을 열었는데, 서랍 속에 새빨간 사과 한 개가 들어 있었다. 사과는 투명한 비닐에 싸여 있었다. 처음에는 누군가가 전 직원에게 사과를 돌린 것이라고 생각했다.

그런데 그다음 날도, 또 그다음 날도 사과는 하루에 꼭 한 개씩 내 서랍 속에 들어 있었다. 내가 주변 사람들에게 물어보았을 때, 그제야 그 사과의 출처를 알 수 있었다. 사과는 사장이 내 서랍에만 넣어 둔 것이었다. 매일 아침 서랍 속에 꼭 한 개씩을.

그 사실을 알기 전부터도 사과를 먹지 않았지만 알고 난 뒤에는 꼭 사과를 챙겨 신사역으로 가는 길에 있는 쓰레기통에 버리곤 했다.

그렇게 얼마의 시간이 흘렀을까.

어느 날 사장이 나를 따로 불러냈다. 사무실에는 창고
로 쓰는 방이 있는데 천장이 뚫려 있는 기묘한 형태의 방
이었다.

사장은 그곳에서 내게 금연 패치 몇 박스를 안겨 주었
다. 그는 내가 담배를 피우는 것을 알고 있었는데, 담배
를 끊으라는 것이었다. 자기가 아는 약사가 있어 많이 구
했다며 필요하면 더 가져다주겠다고도 했다. 그러면서 내
게 다가와 내 볼을 만지며 '이렇게 예쁜 얼굴 상하게 하지
말고.'라는 말을 덧붙였다. 거기까지만 해도 나는 별말 없
이 패치를 받아들었다.

또 사장은 나를 따로 불러 단둘이 점심식사를 하자고
했다. 그가 주로 한 얘기들은 일본을 찬양하는 것이었다.
일본에 가면 무엇이 있고, 무엇이 잘되어 있고, 볼 것도
많다는 등의 이야기였다. 그리고 그 끝은 '같이 갈래?'였
다. 내가 말없이 웃기만 하자, 이번에는 오케스트라나 전

시회 등의 이야기를 했다. 그리고 그 말의 마지막은 역시나 '같이 갈래?'였다. 그렇게 나는 세 시간을 잡혀 있었다.

이야기에 기승전결이란 게 있듯이, 사건의 발단과 전개는 대충 이러했다.

어느 날 점심시간에 돈을 아끼고자 컵라면을 먹었다. 마침 지나가던 사장이 내가 컵라면을 먹는 것을 보았다. 곧 근무 시간이 되었고, 사장은 조용히 내게 다가와 문서 뭉치를 건네주었다.

나는 당연히 교정교열을 보라는 뜻인 줄 알고 받아들였는데, 문서 뭉치들 사이에 떡이 들어 있었다. 그리고 그 문서 속 내용은 '실버 세대의 섹스와 사랑'으로 성행위 자세까지 적나라하게 묘사되어 있는 원고였다.

엄청난 메타포(metaphor)였다.

그때 나는 다짐했다. 이 원고를 물증으로 간직하기로. 그런데 그는 생각보다 멍청하지 않았다. 내게 줬던 원고를 도로 가져간 것이다.

나는 꾹꾹 참고 또 참았다. 퇴근길에 사과를 갖다 버리며 어떻게든 이곳에서 1년은 버텨 보자 다짐하고 또 다짐했다.

월급날이 되긴 하루 전, 사장이 직원들을 불러 모았다. 이번 달에는 회사에 돈이 없어 월급을 다음 달에 주겠다는 것이었다. 나는 사장이 건물을 짓고 있다는 걸 알고 있었기 때문에 어처구니가 없었다. 그뿐 아니라 이미 월급이 몇 차례 밀린 직원들이 있다는 얘기를 듣고 그날로 바로 퇴사를 통보했다.

사장은 천장이 뚫린 창고 방으로 나를 불러 내가 너에게 얼마나 잘해 줬는데 이렇게 그만둘 수 있냐며 따져 물었다. 그전에, 내게도 들은 얘기가 있었다. 사장은 아내가 있지만 집에 잘 들어가지 않고 회사에서 숙식하는 편이며, 50대의 여직원과 오랜 동안 불륜 사이라는 것.

그렇기 때문에 나는 천장이 뚫려 있는 그 방에서 최대한 목소리를 높여 말했다.

"저한테 잘해 준 게 뭔데요? 만날 서랍 안에 사과 넣어 두신 거요? 아니면 일본에 같이 가잔 거요? 아니면 오케스트라, 전시회에 같이 가잔 거요?"

'아뿔싸.' 싶었는지 사장은 쩔쩔매며 목소리를 조금만 낮춰 달라고 사정했다.

나는 창고 방을 뛰쳐나와 가방을 메고 회사를 나섰다.

긴 시간 동안 일어난 일인 것 같지만 고작 2개월에 걸쳐 일어난 일이다.

이외에도 사장은 독재자의 전기를 편집하라고 시키며 그 독재자의 유년기 에피소드에 현덕 선생님의 동화 내용을 그대로 도용하라고 지시하기도 했으며, 모 보수 인사의 칼럼을 짜깁기하도록 시키기도 했다.

실제로는 직원들에게 번역을 시키고, 지금은 돌아가신 번역가 선생님들의 이름을 내세워 책을 내기도 한다.

내가 그곳을 떠난 지 얼마 안 돼 그 회사는 '출판사 옆 대나무숲'으로 한창 이슈화 됐었다. 그리고 역시나 그는 지금도 꾸준히 저와 같은 저질의 책을 출간하고 있다.

프리다와 마츠코와, 나

프리다를 먼저 알았고, 마츠코를 나중에 알았다.

프리다 칼로는 멕시코 화가로 꽤 이름이 알려져 있다.
그녀의 인생은 파란만장했다. 어린 시절 앓은 소아마비, 쇠막대가 골반을 관통한 끔찍한 교통사고, 그리고 디에고 리베라와의 만남과 이별, 재결합.

뭇 사람들은 그녀의 작품을 초현실주의 작품이라 규정지었으나 그녀는 자신의 현실을 작품에 담은 것이라 말했다.

처음 그녀의 작품을 접했을 때 느꼈던 감동과 애틋함과 눈물과 통증을 잊을 수 없다. 나는 프리다를 알게 되자마자 그녀와 관련된 거의 모든 매체를 찾아 탐독했다.

프리다의 인생에 디에고 리베라가 없었더라면 더 좋았을 거라는, 디에고 리베라는 프리다의 인생에 독이라고 생각하는 사람도 있을 것이다. 하지만 나는 그 반대이다.

프리다와 디에고는 떼려야 뗄 수 없는, 밀어낼수록 서로에게 이끌리는 모순된 관계였던 것으로 추측된다. 프리다가 말했듯 그녀는 디에고 없이는 살 수 없었다. 모든 작품이 그런 것은 아니지만 아이러니하게도 디에고한테 받은 고통은 프리다의 작품으로 승화되었다.

자신의 아픔을 마침내 작품으로 승화시키는 존재.
나는 그런 프리다가 존경스럽고 그런 그녀를 사랑한다. 만약 그녀가 현 시대에 살고 있다면 나는 당장 멕시코로 달려가 그녀에게 프러포즈를 했을 것이다.

반면 마츠코에게는 아버지가 부재했다.

마츠코는 가상 인물이다. 그러나 내게는 마치 현실 속 인물인 양 친숙하고 가깝게 다가왔다.

미츠코의 인생은 제목만큼 혐오스럽다. 아픈 동생만 아끼는 아버지와 가족들 속에서 의연하고 씩씩하고 꿋꿋하게 제 인생을 살아야만 하는 집안의 장녀. 얼토당토않은 일로 교사직을 잃고 가출을 하면서 혐오스런 마츠코의 일생이 펼쳐진다.

마츠코는 어린 시절부터 받지 못했던 아버지의 사랑을 만나는 남성들에게 길구한다. 그 사람이 누가 되었든, 그 사람이 무슨 짓을 하든, 그 사람이 폭력을 쓰든 아무 상관 없다.

'혼자 있어도 지옥, 둘이 있어도 지옥'이라면 차라리 둘이 있는 지옥을 택하는 마츠코. 그만큼 그녀는 견딜 수 없이 외롭고 지독하게 고독하다. 영화 속 마츠코의 삶은 프리다의 삶에 비하면 굉장한 비극으로 끝이 난다.

프리다와 마츠코의 삶을 보며 나는 그 두 사람의 삶과

나의 삶이 참 닮았다고 생각했다.

실제로 영화 「혐오스런 마츠코의 일생」의 마츠코 캐릭터는 전형적인 경계성 성격장애 환자라고 말하는 이들도 있다.

나는 때로 프리다가 되었다가 때로는 마츠코가 되기도 한다. 또 언급하지 않은 다른 인물이 되기도 한다.
여기서 중요한 건 나 자신이 없다는 거다.

나는 없다.
다만, 프리다와 마츠코와 또 다른 누군가가 존재할 뿐.

많은 경계성 성격장애 환자들이 자아 정체성의 혼란을 겪는다. 그래서 특히 배우들 가운데 경계성 성격장애 환자들이 많다거나 역으로 경계성 성격장애 환자들이 연기를 탁월하게 잘한다는 설이 있기도 하다.

결국 내가 말하고 싶은 건 나는 나를 찾아야만 한다는 것이다.

문득문득 생각한다.

나라는 존재가 있기는 한 걸까.

직장을 다니고, 밥을 먹고, 대화를 하고, 잠을 자는 몸
뚱이는 있는데, 어째서 나는 나를 인지할 수 없을까.

나는 언제 어디서 나타났으며, 언제 어디로 왜 숨어 버
린 것일까.

대체 언제쯤 나는 나를 찾아, 누구도 아닌 순전한 나로
서 존재할 수 있을까.

한남충

요 근래 인터넷에서 한남충이란 단어를 많이 접했다. 그런데 내 주변에서 실제로 그런 말을 쓰는 사람이 있다는 것을, 그것도 아주 친한 친구(였던 이)가 그런 말을 쓴다는 사실을 알고 꽤나 충격을 받은 적이 있었다.

그녀는 내게 '틴더'라는 어플을 알려 주었다. 사회생활을 하다 보면 점점 만나는 사람이 거기서 거기이고, 남자를 만날 기회도 적어진다. 그래서 찾아보다 알게 된 것이 틴더라고 했다.

틴더는 만남 어플이다. 내 사진과 소개 문구를 올려 두면, 상대가 나를 보고 '좋아요'를 누를 수 있고, 내가 그 상대에게 '좋아요'를 누르면 둘이 채팅을 하게 되는 시스템이다.

친구였던 이가 알려 준 틴더로 여러 사람들과 대화를 했고, 또 많은 사람들을 만나 보았다. 때로는 성추행을 당하기도 했고, 때로는 썩 괜찮은 사람을 만나기도 했으나 지금까지 연락하는 사람은 없다. 나는 그저 새로운 사람을 만나 대화하는 게 재미있어서 만남을 즐긴 것인데, 대부분의 남자들에게는 흑심이 있었다. 그게 마음에 들지 않아 언젠가부터 재미가 시들해졌다.

내가 말하고 싶은 건 틴더에 대해서가 아니다.
내게 틴더를 소개해 준 친구였던 이에 대해서다.

지금은 모르겠으나 그녀는 틴더를 통해 운명의 상대, 심지어 결혼까지 할 수 있는 상대를 만날 수 있으리라 굳게 믿고 있었다. 그런데 정말 특이한 것은 그런 그녀가 늘 입에 달고 사는 말 가운데 하나가 '한남충'이었다.

지하철 임산부석에 앉은 남자를 가리켜 '한남충'이라고
했고, 틴더에 사진을 올린 남자들 가운데 못생겨 보이는
남자를 가리켜 '한남충'이라고 일컬었다.

그러다가도 자기와 사귀다 잠수를 타 버린 남자를 그리
워하며 ○○○이 보고 싶다고 하길 잘했다. 물론 ○○○도
한국 남자였다. 그렇다면 ○○○과 그녀가 말하는 한남충
은 대체 무엇이 다른 것일까.

그녀가 그리워하는 사람도 시시때때로 바뀌었다.
언젠가는 ○○○이었다가, 시간이 지나면 XXX에게 빠
진다. 신기하게도 그녀는 늘 남자들에게 차였는데, 그렇
게 차인 뒤 한동안은 XXX가 보고 싶다고 거듭 말하곤 했
다. 물론 다른 한편에서는 일반 남자들을 향해 '한남충'이
라는 말로 공격을 해대며 말이다.

정작 그녀가 공격해야 할 대상은 그녀를 버리고 떠난,
그녀가 그토록 그리워하는 ○○○과 XXX와 그 외 남자들
이 아닐까.
왜 그녀는 그들을 원망하지 못하고 애꿎은 다른 남자들

을 향해 공격성을 보이는 것일까.

그들에게 버림받았다는 것, 그들이 그녀를 떠났다는 것을 차마 인정하고 싶지 않아, 그만큼 그들은 나쁜 남자들이란 것을 쉽사리 받아들이고 싶지 않아 회피하는 것이 아닐까. 그녀를 떠난 남자들에게 분노를 표출한다면 그들이 그녀를 떠난 것이 무엇보다 분명해지기에, 그 사실을 대면할까 두려워 진실을 외면하는 것 아닐까.

다만 속에서 끓고 있는 화는 어찌할 수 없어 애먼 남성들을 '한남충'이란 단어로 비난하고 있는 것 아닐까. 사람마다 사정이 있다고 생각하기에, 한국 남자 또는 여자를 빗대어 저질스런 단어를 쓰는 사람들도 있을 수 있다고 본다(다만 그들과 말을 섞는다거나 어울리고 싶은 생각은 없다.).

그러나 내가 아주 가까이에서 봐 온 그녀는 절대로 그런 단어를 쓸 만한 사정이 있는 사람이 아니었고 그만큼 남자를 싫어했더라면 틴더라는 어플도 하지 않았을 것이며, 내게 날마다 '한국 남자'인 ○○○이 보고 싶다, XXX가 보고 싶다는 말은 안 했을 거라 생각한다.

그녀는 어째서 그렇게 '한남충'을 입에 달고 살았으며, 한편으로 그녀를 버리고 떠난 '한국 남자'를 그토록 그리워했을까.

기실 내 속내는 그녀를 완벽하게 이해하고 있다.

성폭행을 당한 뒤, 나는 상대에 상관없이 무분별한 잠자리를 가지곤 했다. 그런 내 모습을 알던 의사 선생님이 아래와 같은 말씀을 해 주셨다.

성폭행 피해자들은 크게 두 가지 양상을 보인다고 했다. 어떤 이는 남자를 극도로 혐오하게 되어 심지어는 동성애자가 된다고 한다. 반면 다른 이는 무분별한 성관계를 갖는데, 바로 '자기방어기제' 때문이다.

'나는 성폭행을 당하지 않았어. 그건 내가 좋아서 한 일이야. 나는 그 정도로 약하지 않아. 난 괜찮아, 난 괜찮아. 난 원래 그렇게 프리한 사람이야.'

나의 경우는 후자에 속했다.
참으로 모순적이게도 나는 그랬다.

자신을 떠난 그 누군가를 그리워함과 동시에 '한남충'이라는 말을 아무렇지 않게 내뱉는 그녀에게서, 극도로 모순적인 나의 모습이 그대로 보였기에, 그렇기 때문에 나는 그녀가 다만 안타까울 뿐이다.

나는 마음속으로 빌었다.
나의 첫사랑의 삶이 한밤의 물결처럼 평화롭기를.

- 본문 「오빠」 중

오빠

오빠는 원래 미대에 가고 싶었다고 했다.

그런데 집안 사정이 넉넉지 않아 미술 학원을 다닐 수 없었고, 하다못해 입시 학원도 다니지 못했다고 했다.

그는 친구들이 학원에서 받아 온 모의고사 시험지를 지우개로 지우고 문제를 풀어 수능을 준비했다. 그래도 머리가 좋은 덕인지 지역에서 유명한 명문고를 졸업했다. 오빠는 재수를 해서 나와 같은 학교, 같은 과 동기로 입학했다. 미대에 가고 싶었지만 수능 성적에 맞는 학교가 우리 학교뿐이라고 했다. 신기하게도 오빠와 고등학교 내내 단짝처럼 지내던 친구도 같은 과 동기로 입학했다.

두 사람은 늘 붙어 다녔고, 다른 동기들과 어울리지 않았다. 그들이 다른 사람들에게 말하는 것을 본 일도 드물었다.

어떤 계기로 오빠와 내가 친해졌는지는 기억나지 않지만, 우리는 가까워졌다. 나는 그에게 몇 안 되는 '대화'를 나누는 동기 중 하나가 된 것이다.

오빠는 망원동에서 그 친구와 또 다른 동기 오빠와 함께 셋이 자취를 했다. 나는 그 집에 자주 놀러 가곤 했다. 그곳에서 오빠와 나는 단둘이 몇 시간이고 수다를 떨었다.

시간이 흘러 내게 남자 친구가 생겼는데, 그는 매우 폭력적인 사람이었다. 그와 싸울 때마다 나는 말로써 그를 조롱했는데, 그는 그걸 참지 못하고 폭력을 휘둘렀다. 그나마 다행인 건 뼈가 부러질 정도로 맞지는 않았다는 것. 그저 온몸에 멍이 들 정도였다.

참다못해 헤어지자고 하면 그는 울고불고 매달렸으며, 또다시 폭력을 쓰기도 했다. 그의 전화나 메시지에 답하지 않으면 내가 나타날 때까지 집 앞에서 서성였다. 나는 엄마에게 너무 죄송하여 잠시 피신할 곳을 찾았다.

그때 오빠는 친구들과 헤어져 홀로 자취를 하고 있었다. 어느 날 밤, 오빠에게 사정을 말하고 오빠의 자취방으로 갔다. 자취방은 정말 조그마했다. 화장실이 너무 작아 변기에 앉으면 벽에 두 무릎이 닿았다. 그곳에서 일단 하룻밤을 자고 난 뒤, 나는 제발 이야기 좀 나누자는 남자 친구의 말을 무시하지 못하고 또 그에게 돌아갔다. 그러나 결국 나쁜 일은 되풀이될 뿐이었다.

내게 이야기를 들어 사정을 알고 있던 오빠는 그 남자 친구를 자기가 만나 보겠다고 했다.

남자 친구를 만난 오빠는 아주 논리적이고 이성적이면서도 강력하게 나를 떠나라고 말했다. 남자 친구는 아무 말도 하지 못하고 주먹만 쥔 채 부르르 떨고 있었다.

그럼에도 남자 친구는 포기하지 않았다. 내가 전화를

받지 않자 엄마에게 전화를 걸었고, 집으로 찾아오는 것도 다반사였다. 하는 수 없이 나는 다른 동네에 사는 친구의 집에 잠시 얹혀살기로 했다. 그러나 얼마 뒤, 그 사실을 어떻게 알았는지 남자 친구는 그 친구를 못살게 굴었다.

결국 내가 홀로 경기도로 이사를 가고 나서야 그는 집착을 멈추었다.

그러는 사이 오빠와 나는 더 가까워졌다. 이전부터 얘기가 잘 통했던 터라, 서로 책이나 영화 이야기를 하며 시간을 보냈다.

어느새 우리는 연인이 되었다. 오빠는 스스로 등록금을 벌어야 했기에 밤낮 가릴 것 없이 아르바이트를 했다. 그런데도 오빠는 내게 피곤한 내색을 한 번도 비친 적이 없었다.

돌이켜보면 어린 나이에 아빠를 잃은 내게, 그는 마치 아빠와 같은 존재였다.

클럽에 다니고, 정신을 못 차릴 만큼 술을 마시고, 자해를 하고, 섭식장애를 앓는 내게 오빠는 아낌없이, 무조건적인 사랑을 주었다.

엄마 또한 오빠를 무척 마음에 들어 했다. 두 사람은 죽이 잘 맞았다. 엄마는 오빠가 미술을 하고 싶어 했다는 이야기를 듣고 엄마가 지원을 해 줄 테니 지금이라도 해 보지 않겠느냐고 제안을 할 정도였다. 물론 오빠는 공손히 제안을 거절했다.

오로지 내 탓으로 우리는 한 번 헤어졌다가 시간이 흐른 뒤 재회했다.

그때의 나는 그래도 나름 정신적 상태가 꽤 좋아져 있었다. 그러나 그는 과거의 내가 저질렀던 행적들을 잊지 못해 괴로워한다고 고백했다. 나 역시 그의 고집스러운 사고들을 이해할 수 없어 그와의 거리를 좀처럼 좁혀 가지 못했다. 나는 우리가 헤어지는 것이 맞겠다고 생각했다. 어차피 이루어질 수 없다면 서둘러 정리하는 편이 낫겠다고 여겼다.

오빠는 나를 붙잡았다. 하지만 나는 더 이상 그를 사랑할 자신이 없었다. 지금에서 생각해 보건대 나는 비겁했다. 조금만 더 이해하고, 조금만 더 넓은 마음으로 그를 안아 주었다면.

그렇게 우리는 헤어졌다.

시간이 흘러 그가 워킹 비자를 받아 외국으로 나갔다는 소식을 들었다. 오빠와의 인연은 그렇게 끝난 줄 알았다.

그런데 얼마 전, 모르는 번호로 메시지가 왔다. 오빠였다. 오빠가 한국에, 그것도 내가 사는 동네에 와 있다는 거였다. 나는 오빠가 있는 숙소로 곧장 달려갔다.

몇 년의 시간이 흘렀는데도 오빠는 그대로였다. 우리는 서로 조금도 낯설지 않았다.

나와 헤어진 뒤 오빠는 워킹 비자를 받아 호주로 갔다. 그곳에서 일을 하다 자리를 잡았고 영주권을 얻었으며, 어여쁜 외국인 아가씨와 결혼도 했다. 오빠는 이제 아내와 함께 살 2층 집을 지을 계획이라고 했다.

나는 지난날의 오빠가 떠올랐다.

오빠는 어린 시절 집에 쌀이 다 떨어져 밥을 먹지 못한 적도 있었다고 했다. 대학 때는 먹을 것이 없어 와사비에 밥을 찍어 먹었다.

내가 해 준 반찬들을 아껴 먹어야 한다며 많이 먹는 친구를 타박하던, 밤낮으로 일을 하고 나서도 피곤한 기색 없이 나를 만나러 와 주었던 오빠.

오빠의 지금은 눈물이 날 만큼 행복해 보였다.

그래서 나는 눈물이 났다.

내 인생에 첫사랑이라고 말할 수 있는 사람이 있다면, 바로 이 사람일 것이다.

나는 마음속으로 빌었다.

나의 첫사랑의 삶이 한밤의 물결처럼 평화롭기를.

빨개졌다

초등학생 시절 유난히 기억에 남는 두 사람이 있다. 한 분은 초등학교 5학년 담임 선생이었고, 또 한 분은 초등학교 6학년 때 방송반 담당 선생님이었다.

나는 초등학교 5학년 2학기 때 여자 반장이 되었다.
1학기 여자 반장은 나와 단짝 친구로, 나보다 공부를 좀 더 잘하고, 체육을 월등히 더 잘했다.

어느 날 우리는 체육 수업에서 줄넘기하는 법을 배웠

다. 그날 나는 언니가 물려 준 체육복을 입었는데, 엄마가 줄여 주긴 했지만 허리 고무줄을 넉넉하게 하여 바지가 자꾸 흘러내렸다. 줄을 넘을 때마다 체육복 바지가 흘러내려갈까 봐 신경 쓰여 제대로 넘을 수 없었다. 반면 1학기 반장이었던 내 친구는 쌩쌩거리며 줄을 잘도 넘었다.

나는 한 번 줄을 넘고 바지를 올리고, 두 번 넘고 바지를 올리며 줄넘기를 했다. 그러다 담임 선생이 다가오면 아무렇지 않은 척하며 아주 천천히 줄넘기를 했다. 어린 나이임에도 바지가 내려갈까 봐 신경 쓰는 품새를 보이는 것이 창피했기 때문이다.

그런데 그때 담임 선생이 내 단짝 친구를 보며 말했다.

"얘, 쟤 뛰는 꼴 좀 봐라. 하하."

그는 나를 향해 손가락질하며 비웃었다. 나는 그 자리에 우뚝 멈춰 섰고, 고개를 푹 숙인 채 얼굴이 새빨갛게 달아올랐다. 그런 것이 아닌데. 바지가 내려갈까 봐 발을 제대로 떼지 못한 것인데.

이전부터 그가 내 친구와 나를 비교하는 걸 느꼈기에,

그 말을 하기에도 창피하여 아무 말도 하지 못했다.

유독 추운 겨울날이었다.

6학년이 되어 방송반 친구들과 담당 선생님이 함께 올림픽 공원에 갔다. 다 함께 자전거를 빌려 타기로 했는데, 나만 자전거를 탈 줄 몰랐다.

선생님은 내게 걱정 말라며 자전거 타는 법을 알려 주겠다고 하셨다. 다른 친구들은 이미 신나게 자전거를 타고 있었다. 선생님은 나를 자전거에 태우고, 뒤에서 자전거를 잡아 주며 타는 법을 알려 주셨다. 먼저 중심 잡는 법부터 가르쳐 주셨는데, 나는 그것조차 하지 못했다. 그렇게 한 시간이 넘도록 나는 중심도 잡지 못하고 잇따라 넘어지기만 했다.

선생님은 "괜찮아, 괜찮아." 하시며 다시 한 번 해 보라고 거듭 말씀하셨다. 그러다 문득 돌아본 내 두 눈에 선생님의 손등이 들어왔다.

매서운 날씨에 새빨갛게 얼어버린 선생님의 손등.

나는 자전거 타는 걸 포기하기로 했다. 마침 그곳에서는 자전거 말고 롤러 블레이드도 빌려주고 있어서, 선생님께 롤러 블레이드를 타겠다고 말씀드렸다. 롤러 블레이드는 전에 타 본 적이 있어서 탈 줄 알았다.

빨개진 건 똑같았다.
내 두 볼이 빨갛게 달아올랐고,
선생님의 두 손등이 빨개졌다.

나는 그때 이후 지금까지 줄넘기를 하지 않고, 자전거도 탈 줄 모른다.
하지만 줄넘기와 자전거에 깃든 나의 기억은 하늘과 땅처럼 현저히 다르다.

/전하는 말

나는 사람을 잘 믿는 편이다.

그러나 그래선 안 된다는 걸 절실히 깨달은 사건이 있었다.

A는 공식적으로 내 상사였으나, 나는 그 여자를 언니처럼 따랐다. 사회에서 만난 사람들 가운데 내가 경계성 성격장애를 앓고 있으며, 내 손목에 수많은 자해 흉터가 있다고 말한 사람은 그들이 처음이었다.

다행히도 그녀는 나를 이해해 주었다.

시간이 조금 지나 B라는 인물이 우리 회사에 왔다. 그는 본사에 소속되어 있다 자회사인 우리 회사로 왔다.

그때부터 일이 꼬이기 시작했다.

A는 미혼, B는 유부남이었는데, 두 사람이 눈이 맞은 것이다. 두 사람은 유난히 술을 좋아했다. 법인 카드로 계산하기 위해 술자리에 나를 끼워 넣기를 잘했다. 일주일에 두세 번, 심할 때는 오후 2시부터 술을 마실 때도 있었다.

회식 자리에서 A와 B가 스킨십 하는 걸 목격한 사람들도 더러 있었다. 그 작은 회사에서, 소문은 소리 없이 흐르기 마련이었다.

그러던 어느 날, A의 마음이 바뀌었다. A는 C라는 사원에게 작업을 걸었다. 곧 두 사람은 사귀기 시작했는데, 그 꼴을 B가 두고 볼 리 없었다. B는 A의 집 앞까지 찾아갔고, 둘은 몸싸움을 했다. 어느 날 B는 손톱으로 잔뜩 긁힌 얼굴이 되어 나타났는데, A는 자신이 그런 것이라고 말했다.

뒤늦게 알고 보니 A를 거친 남자는 B와 C뿐만이 아니었다. 그 좁은 회사에서 그녀가 작업을 걸거나 썸을 타거나 집적댄 남자만 해도 여럿이었다. 그리고 그 가운데 적어도 세 사람 이상에게 나에 대한 이야기를 떠벌리고 다녔다는 사실도 알았다.

A와 C가 사귀기 시작한 뒤로, A와 B는 틈만 나면 싸워 댔다. 업무상 다툼이라 했지만 결국에는 감정싸움으로 번졌다. 그 피해는 고스란히 직원들이 받아야만 했다. 둘은 회의실로 들어가 싸웠지만 목청이 터질 듯 소리를 질러대 업무에 지장을 줄 정도였다.

결국 A는 퇴사를 했다. B는 분이 안 풀렸는지 이번엔 나를 괴롭히기 시작했다. 그는 내가 그들 사이를 알고 있을 거라 여겨 나를 쫓아내려고 했던 것 같았다. 하지만 이미 회사를 넘어 본사에 있는 사람들까지 그들의 사이를 다 알고 있는 터였다.

결국 나는 회사에 정식으로 문제 제기를 했다.
회사는 어느 정도 선에서 피드백을 주었으나, 결국 피해를 입은 건 나였다. 나는 더는 그곳에 머물러 있을 수 없었다. 떠나야만 했다.

혹자는 내게 상처를 준 그들이 잘 살고 있는 것으로 보여 속이 상한다고 말한 적이 있다.

나는 그에게 말해 주었다.

A든 B든 지금도 앞으로도 죽어서라도 절대로 잘 지낼 수 없을 거라고. 내가 그렇게 빌고 있으니, 그들은 그렇게 지낼 수 없을 거라고.

나는 그렇게 빌고 또 믿고 있으며, 앞으로도 그 믿음은 변치 않을 것이다.

그리고 이것은 내가 그들에게 전하는 말이기도 하다.

안녕하세요

안녕하세요, 당신. 잘 지내시는지요.
이제 더는 '자기'라 부를 수 없는 당신.

당신을 잘 모르던 때에는 당신이 낯선 사람들한테도 거리낌 없이 말을 거는 사람인 줄로만 알았습니다. 그래서 내게도 말을 걸어온 것이라 여겼지요.

우리는 담배를 피우면서 말을 트게 되었습니다. 아마도 당신이 내게 먼저 말을 걸어왔던 것 같아요. 나는 잘 모르는 사람에게 먼저 말을 걸지 않으니까요.

우리는 별것 아닌 것들을 얘기했습니다. 회사 건물 맞은편에 새로 생긴 식당이 정말 식당인지, 대체 장사는 언제 하는 건지, 혹시 식당으로 위장한 불법 영업장은 아닌지 의심된다는 얘기들을 나누었지요.

그밖에도 시답잖은 얘기들을 이어 갔던 것 같습니다. 그러다 어느 날엔가 당신이 말했지요. 밴드를 하는 아는 동생들이 공연을 하는데 같이 갈 생각이 있느냐고요.

나는 바보처럼, 그게 데이트 신청이라는 걸 알아차리지 못했습니다. 그래서 동료들에게 말을 해 버렸지요. 동료들의 말을 듣고서야 그게 데이트 신청이라는 걸 깨달았습니다.

공연을 함께 보고 우리는 그들과 점심을 먹었습니다. 친한 동생들에게 저를 소개해 주고 싶어 했다는 것을, 시간이 지난 뒤에야 알았습니다.

한번은 당신이 사는 동네에 갔었지요. 제가 사는 곳과는 달리 사람도 많이 다니지 않고 공원도 잘 조성되어 있어 좋았습니다. 우리는 김밥을 사서 동네에서 유명한 언덕으로 올라갔어요. 그때 나는 꽃무늬 원피스에 챙이 달린 모자를 쓰고 조금 두꺼운 겉옷을 입었던 것 같습니다.

언덕은 꽤나 높았어요. 저는 사실 조금 힘이 들었답니다. 하지만 당신에게 말할 수 없었어요. 당신은 잔뜩 들떠 있었거든요. 언덕을 오르기 전 당신이 말했지요. 제 손에 무엇이 묻었다고요. 제 손을 들여다본 그 순간, 당신이 손을 낚아채 잡았습니다. 그렇게 우리는 두 손을 꼭 잡고 언덕을 올랐지요.

김밥을 먹고 난 뒤 당신은 집에서 깎아 온 과일 도시락을 꺼냈어요. 그때 당신이 얼마나 섬세한 사람인지 조금은 알 수 있었습니다. 잠시 담소를 나누고 우리는 언덕을 내려왔습니다. 그리고 당신 집으로 갔지요.

당신 집에는 피아노가 있었어요. 당신은 취미로 기타 연주를 하지만 피아노도 친다고 했습니다. 그러고는 제 앞에서 피아노를 쳐 주었습니다. 피아노를 치던 당신의 고운 옆선과 손가락이 잔상으로 남아 있습니다.

당신은 내게 속삭였어요. 우리 엄마와 나를 보살펴주겠다고요. 정말이지 나는, 그 말에 오롯이 감동을 받았습니다. 그리고 당신에게 빠져들었지요.

오직 제 기억에만 의존한다면, 타국에 있는 당신을 보러 갔을 때만 해도 우리는 좋았습니다.

게으른 제 탓에 우리는 이렇다 할 관광도 하지 않았습니다. 그저 낮에 일어나 펍(Pub)에 가서 맥주를 마시고 주변을 산책하는 정도가 다였지요.

유로스타(Eurostar)를 타러 간 길, 그곳에 자그마한 피아노가 있었지요. 나는 당신이 그 피아노를 연주해 주길 바랐습니다. 그러나 당신은 단호하게 거절했습니다. 그때 나는 몰랐습니다. 일반적인 여행으로 유럽을 방문한 사람이 또 다른 유럽 국가로 넘어가는 것은 쉽지만, 좀 더 오래 머무르는 사람이 넘어가는 길목은 꽤 까다롭다는 것을요. 그래서 아마도 당신은 무척 예민해져 있었던 것 같습니다. 그런 당신에게 철없이 피아노를 연주해 달라고 했으니 속상했겠지요.

그때부터 우리는 삐거덕댔던 것 같습니다. 아니, 실은 그전부터 우리는 그랬습니다.

언젠가부터 당신은 내 손을 잡아 주지 않았어요. 내 얼굴을 쓰다듬어 주지도 않았고, 나를 안아 주는 일도 없었습니다. 내가 당신의 손을 잡으면, 당신은 마치 온 몸이 긴장해 경직되는 것만 같았어요. 다 알면서도, 나는 당신의 손을 놓고 싶지 않아 모르는 척했습니다.

왜 그렇게 변한 건가요, 당신.

먼저 내 손을 잡아 주었던 당신은 어디로 가 버린 걸까요.

나는 당신이 원망스럽고 미웠습니다. 더는 나를 사랑해 주지 않는 사람을 붙잡고 있는 것만 같아 괴로웠습니다.

당신이 했던 말을 기억합니다. 하늘이 맑고 파라서 기분이 좋다는 말을 이해하지 못하겠다고 했지요. 그때 나는 어렴풋 짐작했습니다.

당신 역시 남모를 아픔을 간직하고 있다는 것, 타인과 당신이 유독 다르다는 걸 인정했지요.

나는 울면서 말했습니다. 한국으로 돌아가면 함께 심리 치료를 받자고요. 당신에게 어떻게 가 닿았을지 모르겠으나, 나는 당신에게 애원한 것이었습니다.

당신의 손을 다시 잡아 주고 싶었습니다. 당신을 안아주고, 당신의 얼굴을 어루만져 주고, 모든 것이 다 잘될거라 말해 주고 싶었습니다.

하지만 나는 그렇게 하지 못했습니다. 당신은 내게 그럴 기회를 주지 않았지요.

우리는 그렇게 끝났습니다.

당신과 함께하던 그곳을 떠난 것은 다른 이유가 컸지만, 한편 당신을 더 이상 보지 않아도 된다는 사실에 마음이 놓였습니다. 놓쳐 버린 사람, 가질 수 없는 사람을 눈앞에 두고 바라보기만 하는 일은 제게 너무 혹독했습니다.

떠날 날을 확정 지은 그날 밤, 꿈을 꾸었습니다. 당신이 그 고운 얼굴 옆선을 보이며 내게 피아노를 연주해 주었습니다.

안녕하세요, 당신.
여자 친구인 내게 메시지를 보낼 때마다 늘 '안녕하세요.'라며 첫 마디를 꺼냈던 당신.

당신과 이제는 안녕. 영원히 안녕입니다.

비명을 지르세요

어릴 때부터 나는 아픈 것을 엄청 잘 참았다. 초등학교 저학년 때 주사를 맞아도 울지 않았고, 치과 치료를 받아도 울지 않았다. 아프긴 아팠다. 그런데 꼭 티를 낼 만큼 아프지는 않았다. 나와 같지 않은 아이들을 보면 이상했다. 그렇게 대성통곡할 만큼 아픈 것은 아닌데……

참을성이 강했던 아이였던 것 같다. 먹을 것, 입을 것, 장난감 따위에 욕심이 그다지 없었다. 아니, 욕심이 없었다기보다는 그 욕심을 억눌렀다. 그리고 늘 '우리 집은 형

편이 넉넉지 못하니 아껴 써야 해!'라는, 강박에 가까운
사고가 박혀 있었다.

뉴스를 통해 많은 이들의 자살을 접한다.

학교폭력, 왕따, 성폭행 등을 당해 세상을 등지고 떠나
는 사람들. 때로 나는 자살에 '성공'한 그들이 부럽기도 했
다. 나 또한 수차례 자살 기도를 했지만 늘 실패해 왔기에.

그러나 지금은 생각이 달라졌다.

동물도 사냥을 당하면 '꽥' 하는 외마디 비명이라도 지
른다. 왜 그들은 단 한마디, 외마디 비명도 지르지 않고
세상을 져 버렸을까.

지금도 자살을 꿈꾸는 이들에게,

지하철 선로에 서서 하루하루 뛰어내릴지 말지에 대해
고민하는 이들에게,

아파트 베란다 난간에 올라서서 살고 싶다는 간절한 마
음에 머뭇거리는 이들에게,

뛰어내리기 위해 옥상에 올라가는 엘리베이터에서 숨
죽여 울고 있는 이들에게,

아무도 없는 틈을 타 욕조에 뜨거운 물을 받으며 훌쩍거리고 있을 누군가에게 말하고 싶다.

"아프면 비명을 지르세요."

아프다고, 나 아프다고. 나는 상처받았으며, 그 상처를 준 사람은 누구인지에 대해 소리쳐야 한다.

죽음은 잠시 미뤄 둬도 괜찮다.

가족이든 친구이든 가까운 지인이든 아무도 없다면 대중에게라도, 나라에라도 소리쳐야 한다. 가해자를 찾아 가해자가 엄벌을 당하는 모습을 당신은 반드시 두 눈으로 확인해야만 한다.

그러니 당신은 아직 죽어서는 안 된다.

당신의 잘못은 없다.

당신은 당신의 상처를 돌보고 당신 스스로를 보살펴주고 당신 자신을 안아 주어야만 한다.

무엇보다 먼저 할 일은 '나는 아프다.'라고 소리쳐 말해 널리 알리는 것.

아픈 건 죄가 아니다.

아픔을 참지 마라.

나는 쓸데없이 아픔을 잘 참는 아이였다.

나 하나만 아프면 된다고, 내 가족까지 상처받고 아파
선 안 된다는 바보 같은 생각을 한 아이였다.

그러나 결국 그것은 독이 되어 돌아왔고, 내가 기대했
듯 내 가족이 아프지 않은 것도 아니었다.

누군가 당신을 아프게 했다면, 당장 비명을 질러라.

그러지 않으면 당신은 20여 년 혹은 그 이상 오랜 세월
을 삶과 죽음의 경계를 넘나드는 생을 살게 될지 모른다.

고백

저는 대충 이렇게 저렇게 살아왔습니다.

아무렇지 않았던 날들보다, 평범했던 날들보다 아팠던, 눈물이 났던, 슬펐던 날이 훨씬 더 많았습니다. 그런데 나는 그것이 남다르지 않다고 생각하기로 했습니다. 대부분의 사람들이 자기는 정상적이라고 생각하지만, 사실 정상적으로 살아가는 사람이 얼마나 되겠는지요. 또 그 잣대는 무엇을 기준으로 삼을까요.

살아온 날들을 복기하며 과거를 꼼꼼하게 돌이켜보며 글을 쓴다는 것이 이토록 힘든 일일 줄 상상도 못 했습니다. 내심 저는 예전보다 제가 많이 좋아졌다고 여겼으니 말입니다.

그런데 글을 쓰다 보니 그게 아니었습니다. 제가 썼던 글 가운데 한 문장이 기억나시나요? 어느 정신과 의사가 제게 말했다고 했지요. '몸은 다 자랐지만 제 자아정체성 나이는 여섯 살에 머물러 있다.'고요.

맞습니다. 저는 그대로입니다. 조금도 자라지 않았습니다. 겉으로는 사회생활을 하고, 직장에 다니고 일을 하고 돈을 벌고 있습니다. 그러나 집으로 돌아온 순간 저는 다시 여섯 살의 그 어린아이가 되어 버립니다. 곧 목 놓아 울곤 했습니다.

글을 쓰는 몇 개월 동안 밤마다 울었습니다. 때로는 근무 시간에 눈물이 흐르기도 했습니다.

우는 일로 그쳤다면 참 다행이었을 텐데 말입니다.

고백하건대 저는 그러지 못했습니다.

어느 월요일 밤, 아무 일도 없었던 밤이었습니다. 퇴근

한 뒤 친구를 만나 맥주를 마셨습니다. 밤에 집으로 와 또 캔 맥주를 마셨습니다. 아무래도 조금 취해서였던 것 같습니다.

언젠가부터 집에는 문구용 칼을 두지 않습니다. 버릇처럼 칼을 들어 자해를 할까 두려웠기 때문이었습니다. 하는 수 없이 부엌용 과도를 들어 손목을 그었습니다. 그런데 그동안 칼을 갈지 않아서인지 상처가 조금도 나지 않았습니다. 그보다 더 큰 칼을 써도 소용없었습니다.

어떻게 했을까요.

취한 정신에 저는 지갑을 들고 밖으로 나갔습니다. 가까운 편의점으로 가 맥주 네 캔을 더 고르고, 문구용 칼을 집어 들었습니다. 집으로 오자마자 칼의 포장을 뜯었고, 반짝반짝 빛나는 칼날로 손목을 그었습니다. 아무리 세게 그어도 무의식적으로 겁이 나는지 피는 그다지 많이 흐르지 않았습니다.

한 번 더. 또 한 번 더. 그렇게 여러 번 같은 곳을 그었습니다.

어느새 주르륵. 피가 흘러내리기 시작했습니다.

저는 그제야 마음이 놓였습니다. 흐르는 피처럼 막혀 있던 제 마음도 주르륵, 어디론가 흘러가는 것만 같았습니다.

그런 다음에는 늘 똑같습니다. 수건으로 왼쪽 손목을 둘둘 말아 쥔 채 응급실로 가고, 자해를 했다고 말하고, 상처를 봉합한 다음 파상풍 주사를 맞고, 약을 타 나옵니다. 저는 그런 새벽을 스무 번쯤 보냈습니다. 그때, 그런 새벽을 함께한 사람은 거의 없습니다.

고백하건대 앞으로도 그런 새벽이 다가올 것 같습니다. 저의 아픔을 온전히 감내하기에는 너무나 힘겹기 때문입니다.

그런 새벽이 온다면,
그때 또한 함께 할 사람은 없었으면 좋겠습니다.

　출판사 이준하 대표님이 내가 앓고 있는 경계성 성격장
애에 대해 들었을 때, 그는 나를 이해하지 못했다. 그는
나의 여러 증상들을 보고 그저 내 마음이 약해서이기 때
문일 거라고 여겼다.

　한데 시간이 흐른 뒤, 그 또한 나를 이해할 수 있게 되
었다.

　나는 마음이 약하거나 엄살을 부리느라 우는 것이 아니
고, 자해 충동을 느끼는 것이 아니며, 먹지 않는 것이 아
니다. 그것은 내가 앓고 있는 병의 증상들이다.

　이준하 대표님은 나의 이야기를 글로써 풀어 보라고 제
안해 주었다. 내게 엄청난 용기가 필요한 제안이었다.

　진절머리 나도록 아팠던 과거의 나를 직시하며 울지 않
은 날보다 우는 날이 더 잦았다. 그러나 내가 살아온 삶을

돌이켜 글로 써 내리며 조금 더 나 자신을 객관적으로 관찰할 수 있었으며, 치유하는 시간도 가질 수 있었다.

무엇보다 나의 이야기를 들은 많은 분들이 조금은 용기 내어 세상 밖으로 나오길 바라는 마음이 컸다.

원고를 쓰도록 제안해 준 이준하 대표님께 감사드린다.

성격장애 진단을 받은 뒤 16년 동안 살아오며 많은 이들에게 폐를 끼쳤다. 특히 나의 가족에게 그러했고, 친구, 친척들, 지인들, 스쳐 간 많은 이들에게 그러했다.

이 장을 빌려 그분들에게 미안함과 고마움을 표시한다.
첫 번째 독자가 되어 격려를 아껴 주시지 않은 방애림 님께 감사합니다.

언제나 내 곁에 서서 나의 처지를 헤아려 주고 조언해 주시는 많은 분들 고맙습니다.

누구보다 제 스스로도 저를 포기했을 때,
저를 포기하지 않고 제 삶을 이끌어 주신 어머니께
존경과 감사를 드립니다.